DIETMAR KRÖNERT

ZEITSPRÜNGE
3

LUZIFERS ANKUNFT

Bibliografische Information der Deutschen Bibliothek:
Die Deutsche Bibliothek verzeichnet diese Publikation
in der Deutschen Nationalbibliografie; detaillierte bibliografische Daten sind im Internet unter *http://dnb.ddb.de*
abrufbar.

Impressum
© 2020 Dietmar Krönert
Umschlagabbildung:
Originalfoto Dietmar Krönert »UFOs im Sommer-
hofenpark der Stadt Sindelfingen«
Herstellung und Verlag:
BoD - Books on Demand GmbH, Norderstedt
ISBN: 978-3-7519-9157-5

DIETMAR KRÖNERT

ZEIT SPRÜNGE 3

LUZIFERS ANKUNFT

HISTORY+FICTION-ROMAN

INHALT

DER RAUMZEITRISS

1

Kommandantin Callahan wirft so schnell nichts aus der Bahn, also aus der Flugbahn, könnte man sagen. Mit ein Grund dafür, warum es Josy Callahan bis zur Kommandantin des mittelschweren Kreuzers Warship SS 1058p gebracht hatte. Die Kommandantin der »Spitfire«, wie die Besatzung ihren Raumkreuzer in Eigenregie und für die Bordkommunikation untereinander getauft hatte, verfügte über das notwendige, strapazierfähige Nervenkostüm, das diese Stellung erfordert und so mit sich bringt.

Callahan hatte zuletzt wieder einmal im Kampf um Uuntschschii bewiesen, dass sie über ein ausgeprägtes Gespür für latente und schwer einzuschätzende Gefahrensituationen verfügt. Man könnte es auch Vorausahnung oder Intuition nennen. Jedenfalls hatte sie mit ihrem Gespür eine absolut tödliche Gefahr für ihre Bodentruppen auf Uuntschschii im letzten Moment noch rechtzeitig abwenden können.

Wie auch immer! Hauptsache Josy Callahan verfügt über diese Gabe und darum steht die Mannschaft auch uneingeschränkt hinter ihr. Im Moment jedoch blickt sie angespannt auf die Schirme und Anzeigen in ihrer Kommandozentrale. Flight Commander K3 blieb diese Anspannung der Kommandantin natürlich nicht verborgen.

»Du bist nervös, Josy«, stellte der Robot-Kommandant mit beinahe menschlicher Empathie fest. »So etwas bin ich von dir gar nicht gewöhnt!«

»Wir kreuzen in diesem Moment die äußeren Regionen des heimatlichen Sonnensystems.«

»Ich weiß Josy … und?«

»Ich habe ein ungutes Gefühl!«

»Kannst du das irgendwie präzisieren, Josy?«

»Für die Mannschaft sind 186 Schiffsjahre vergangen, seit wir von der Erde aus aufgebrochen sind.«

»Und das ist es, was dich beunruhigt?«

»Eigentlich schon etwas. Für dich sind 186 Jahre nichts, das weiß ich. Aber auf der Erde ist inzwischen ein Vielfaches dieser Zeitspanne verflossen. Wer kann schon sagen, in was für einem Zustand wir die Erde vorfinden werden und was uns erwarten wird?«

»Okay, Josy. Ich werde den Nachrichten- und Funkverkehr auswerten. Dann werden wir sehr schnell im Bilde sein.«

»Danke K3.«

Callahan und K3, Avatar und das positronische Schiffsgehirn sind per Du miteinander, was nicht direkt ungewöhnlich ist. Arbeiten sie doch in jeder Beziehung eng zusammen. Das verbindet.

———

Alles ist im Fluss.
Alles wandelt sich permanent.
Nichts ist statisch und nichts ist für die Ewigkeit.
Wo es doch so etwas wie Zeit und Ewigkeit
vermutlich gar nicht gibt.

———

Wenn Raumpiloten und Navigatoren nach Jahren oder nach Jahrhunderten den Weg zur Erde zurückgefunden hatten, was an sich keine Selbstverständlichkeit war, ist das immer wieder ein Grund großer Erleichterung für die Reisenden. In einhundert oder mehr Lichtjahren Entfernung von der Erde sehen die Sternekonstellationen ganz anders aus. Wehe wenn das elektronische Raumkartenmaterial einmal Schaden genommen hatte oder die Datenspeicher nachhaltig oder irreparabel abgestürzt sind. Dann schlägt die Stunde eines guten Navigators, der das Unglück, sich in einer völlig falschen Richtung weiter wegzubewegen gerade noch abzuwenden weiß.

Dies kann man wohl noch am ehesten nachfühlen, wenn man sich in die alten Seefahrer des Mittelalters zu Beginn der Neuzeit hineinversetzt. Als diese erstmalig den Äquator überquert hatten und die vertrauten Sternbilder nicht mehr am Himmel standen, segelte man plötzlich im Ungewissen und in fremden Meeren. Panikbeladene Ängste nahmen von den Seefahrern Besitz und sie fühlten sich von Gott und allen guten Geistern verlassen. Die Frage, ob sie jemals wieder nach Portugal oder in die Niederlande zurückfinden werden, beherrschte fortan alles Denken.

Großsegler im 15. Jahrhundert und Raumschiffe im Jahre 3000 beispielsweise sind auf Sternenkarten gleichermaßen angewiesen – so viel steht fest.

Die Spitfire näherte sich der Erde mit der üblich gültigen Geschwindigkeit für den innerplanetaren Raumverkehr im Sonnensystem. Callahan und die anwesenden Offiziere blickten gespannter als sonst auf die wandfüllenden Abbilder der Erde, obwohl sie noch Stunden von der inneren Sphäre des Sonnensystems entfernt waren.

Noch war nichts Ungewöhnliches zu bemerken. Alles schien normal, wenn man einmal davon absah, dass die Spitfire schon längst von einer der Außenstationen hätte angefunkt werden müssen. Aber auch sonst herrschte absolute Funkstille und im gesamten System schien alles ruhig und friedlich. Was sich jedoch unterschwellig schon etwas beunruhigend auf die Leute auf der Brücke auswirkte.

»Was ist hier los, K3?«

»Ich empfange weder Nachrichten noch Datenverkehr, Josy, auch keine TV-Sendungen und keinen Funkverkehr.«

»Wie kann das sein, K3? Wie ist so etwas möglich? Um uns herum müsste doch ein Wirrwarr von digitalen und analogen Funksprüchen durch den Raum schwirren?«

»Ich habe da so einen Verdacht, Josy.«

»Wurde die menschliche Zivilisation vernichtet, K3?«

»Geduld, Josy. Ich bin gerade dabei, die Raumzeit und die Erdzeit zu vermessen.«

»…?«

»Ich vermesse die Kontinente und die umgebenden Sternkonstellationen«, meldete K3 unaufgefordert im Wissen um die allgemeine Ratlosigkeit.

Ruhe kehrte ein. Jeder schien seinen eigenen Gedanken nachzuhängen. Für den Einsatzleiter der Raumjagdzerstörerflotte Zechner gab es im Moment sowieso nichts zu tun, außer wiederholt die Einsatzbereitschaft seiner Zerstörer abzuchecken. Die Waffenleitoffiziere Antonio Fox, Markus Sivering und die Geschützassistentin Darling Torquato rechneten ebenfalls nicht damit, heute noch zum Schuss zu kommen. Die Zeit dehnte sich beinahe unerträglich langsam.

»Josy!«, platzte K3 ziemlich plötzlich in die andachtsgleiche Stille hinein. »Es ist besser, wenn du jetzt sitzen bleibst.«

»Ich hatte auch nicht vor, aufzustehen. Was ist?«

»Wir befinden uns in der Zeit um zirka 2600 vor der Zeitrechnung. Nach dem Konstantinischen Kalender gerechnet.«

»Wie? … Wie ist das möglich, K3?«

»Ich habe erste Verdachtsmomente, Josy. Gedulde dich noch ein wenig.«

»…«

»OK! Folgendes ist wohl geschehen. Ein marodierendes Schwarzes Loch, von so um die drei- bis vierhunderttausend Sonnenmassen, ist, wenn man die Ebene des Sonnensystems zum Bezug nimmt, von oben in 32 Lichtjahren Entfernung durch unseren galaktischen Spiralarm gerast.«

»Wie kommst du darauf?«

»In der betreffenden Region klafft eine Lücke in der Milchstraße. Das durchziehende Schwarze Loch hat etliche Sonnen auf seiner Bahn mitgerissen und einige offenbar auch verschlungen. Jedenfalls fehlen in dem

Sektor die Sterne nun völlig. Da ist eine Lücke zurück-
geblieben.«

»Verdammt auch!«, rutschte es der Kommandantin
entgegen ihrer sonstigen Zurückhaltung heraus. »Und
was hat das nun mit der Zeitverschiebung zu tun, K3?«

»In die Vergangenheit zu reisen ist zwar theoretisch
möglich, prinzipiell aber schier unmöglich, Josy. Aber
ausschließen kann man ja nichts, wie wir wissen. Das
durchziehende Schwarze Loch hatte offenbar das Raum-
zeit-Kontinuum in dem gesamten Raumsektor völlig ir-
regulär verschoben.«

»Das ist doch vollkommen verrückt!«

»Recht hast du, Josy. Ich zähle aber nur die Fakten aus
meinen Beobachtungen auf. Die Lücke im Spiralarm kann
ich bestätigen. Auch die aus ihren Bahnen gerissenen
Sterne, die jetzt auf einem Weg ins Ungewisse sind und
die galaktische Scheibe verlassen werden. Weitergehende
Auswirkungen kann ich im Moment noch nicht abschätzen. Uns wird sich das vielleicht erst zu einem späteren
Zeitpunkt offenbaren. Im Moment ist noch alles offen.«

»Das hört sich überhaupt nicht gut an, K3. Sind noch
weitere Auswirkungen möglich?«

»Das Schwarze Loch hatte auf seinem Weg einen Raumzeittrichter über Dutzende von Lichtjahren hinter sich
hergezogen, und das mit unabsehbaren Auswirkungen
auf das galaktische Raumzeit-Gefüge… Also nach meinen Berechnungen und den Erkenntnissen und Überle-
gungen von Albert Einstein, Stephen Hawking, Hu Wang
und dergleichen könnte alles darauf hindeuten, dass während der Passage des Schwarzen Lochs in 32 Lichtjahren

Entfernung ein Riss in der Membrane zwischen unserem und einem Nachbaruniversum entstanden sein könnte.«

»Das heißt zum einen, wäre das Schwarze Loch nur ein wenig näher am irdischen Sonnensystem vorbeigezogen, um Beute zu machen, hätte das für die Erde das Ende bedeuten können. Und zum anderen, wir wissen nicht ob es zwischen den Universen zu einem Austausch von Sternen gekommen ist. Oder ob Antimaterie dabei im Spiel war?«

»Wie gesagt, es ist alles möglich, Josy.«

Die Erkenntnis, wie knapp ihre Heimat der ultimativen Katastrophe entgangen war, sorgte erst einmal für allgemeine Betroffenheit unter der Brückenbesatzung. Zu gewaltig war das Ausmaß des Geschehenen, als dass irgendjemand dazu Worte fand.

———

Die Galaxis in ihren Ausmaßen von Milliarden von Sternen und Planeten nahm von dieser Zäsur allerdings so gar keine Notiz. Was sind schon 14 oder 15 Sonnensysteme, die das Schwarze Loch auf seiner Wanderung verschlungen hatte. Und was sind schon zwei Dutzend Sterne, die nun dabei waren, die Galaxis zu verlassen. Sie werden sich zu einem kleinen Sternhaufen in der galaktischen Peripherie zusammenfinden und in hunderttausend Jahren Astrophysikern und Hobbyastronomen zu wilden Spekulationen verleiten, wie dieses Häuflein Sterne wohl einmal entstanden sein könnte.

———

Fast schon zögerlich flogen Schiff und Besatzung auf den vierten Planeten zu. Es war aber auch eine nur schwer zu verdauende Aussage von K3, dass sie lange vor ihrer Zeit in ihr Heimatsystem zurückgekommen waren. Es war ja auch kaum zu glauben. Ein Zeitsprung einer ganzen Sternenregion zurück in die Antike. Wer hätte so ein Ereignis jemals in Betracht gezogen?

Doch nun trat die Frage nach dem Verbleib des konoischen Schlachtkreuzers und nach Admiral Ros äußerst dringlich in den Vordergrund. Die Erde der vorchristlichen Zeitrechnung um das Jahr 2600 v. Chr. hat einem mächtigen, waffenstarrenden Kreuzer mit einem inzwischen mehr oder weniger entnervten Aran Ros so gar nichts adäquates entgegenzusetzen. Alles in allem ist die entstandene Situation mehr als kritisch zu betrachten.

Kommandantin Josy Callahan berührte wie beiläufig die Armaturenpaneele, die links und rechts auf ihren Sitzlehnen angebracht waren. Eigentlich nur zusätzliche, schnelle Not- und Zugriffsfunktionen auf die einzelnen Leitstände. Callahan beruhigte sich zusehends. Sie selbst und das Schiff sind noch gegenwärtig. Auch die Besatzungen der verschiedenen Leitstände und Einheiten sind zahlenmäßig auf Sollstärke, was indirekt nur bestätigt, dass es zu keinem Zeitparadoxon gekommen sein kann. Oder doch…?

»Hm? »Man weiß es nicht« Callahan dachte nach.

Dabei ist es keineswegs als sicher anzunehmen, ob sich der Verlauf von Geschehnissen verändert, wenn die Raumzeit Kapriolen schlägt. Bilden Gegenständlichkeiten und Raumzeit bis in die letzte Konsequenz hinein überhaupt eine lineare, unverbrüchliche Einheit? Vermutlich nicht. Man sagt ja auch, die Zeiten ändern sich. Aber wer kann die Risiken schon benennen oder will sie eingehen? Callahan jedenfalls hat nicht vor, sich die Karten aus den Händen nehmen zu lassen.

»Ab sofort besteht für das Schiff und die Besatzung einfache Alarmbereitschaft, K3«, rief Josy dem Schiffsgehirn zu. »Alle Stationen bleiben vorerst permanent mit Sollstärke besetzt.«

In kurzen Abständen treffen daraufhin die Bereitschaftsmeldungen der einzelnen Sektionen ein. Die Besatzungen sind bereit, ein Gegner nicht in Sicht. Callahan blickt zu dem Einsatzleiter der Jagdzerstörerflotte Zechner hinüber.

»Zech! … Du schickst deine Zerstörer paarweise auf Erkundungsflug. Wir müssen den feindlichen Schlachtkreuzer, die Nahle, unbedingt lokalisieren. Das hat jetzt absolute Priorität!«

Die Frage, ob Ros das irdische Sonnensystem überhaupt zum Ziel hatte, stellt sich in der jetzigen Situation erst einmal nicht.

»Verstanden«, antwortete Zechner knapp und machte sich auch gleich und ohne Weiteres an die Ausführung.

Callahan blickte nachdenklich auf die Bildwände. Ros! Immer wieder Ros! Die Nahle ist noch nicht einmal gesichtet und sorgt trotzdem schon wieder für Irritationen.

»K3 …«

»Schon klar, Josy. Ich habe schon längst alle Sensoren hochgefahren. Wenn sich irgendwo im Sonnensystem etwas rührt, wirst du's sofort erfahren.«

»Danke K3, aber …«

»Ich weiß, Josy. Zur Untätigkeit verdammt zu sein, das nervt gewaltig und ist nicht deine Sache. Die Raumjäger sind jedenfalls draußen. Wir werden bald mehr wissen. Lehne dich einfach mal zurück.«

Callahan tut's und zweifelt trotzdem.

Freddy Sharma blickte leicht angefressen nach rechts zu seinem Waffenleitoffizier John Buzzy hin und verdrehte die Augen. In dem Moment, als ihr Jagdzerstörer aus seiner Starttube ins Sonnensystem hinauskatapultiert wurde, erklang auch schon Buzzys Lied:

»It's a long way to Tipperary

It's a long way to go …«

»Zack, dreh die Lautstärke doch etwas herunter«, fordert Freddy das Schiffsgehirn auf, den Krach etwas abzumildern. »Immer dasselbe Lied. Mensch Buzzy!«

»Was regst du dich auf, Freddy? Uns hat es doch immer Glück gebracht, mit meinem Lied zu starten.«

»Jaja, schon! Du bist also der Meinung, dass wir ohne den alten, traditionellen irischen Song direkt in die Hölle fliegen würden.«

»Du sagst es, mein Junge. Ich jedenfalls werde das Karma nicht durchbrechen, indem ich irgendeinen x-beliebigen Schlager runterleiern lasse.«

Freddy blickte ergeben auf die Armaturen und Anzeigen vor sich. Vielleicht hatte Buzzy sogar irgendwo recht. Das mit dem Karma war ein starkes Argument. Und immerhin muss er sich voll und ganz auf die Intuition und das Reaktionsvermögen seines Waffenoffiziers verlassen können. Also tat Freddy das, wofür man sie in den

Bereich der inneren Planeten geschickt hatte. Und auch John Buzzy nahm vergnügt die Bildflächen und Anzeigen in den Blick.

»Also, gehen wir's an! Ich hoffe doch, dass wir diesen Ros bald wieder ins Visier nehmen können. Der hat noch was gut bei mir.«

»Uns!«

»Hä?«

»Uns, der hat noch was gut bei uns.«

»Tschuldige, uns natürlich. Uns!«

»Die Aussicht, auf Ros zu treffen, scheint dich zu erheitern.«

»Das tut es.«

»Ros wird aber kein zweites Mal auf unsere Tricks hereinfallen, John.«

»Na, dir wird schon was einfallen, Freddy, ich kenne dich. Du machst das schon!«

»Klar, in die Hose, wenn uns seine Protonen- Geschützbatterien wieder ins Visier nehmen.«

»Genau, das meine ich doch.«

»…!«

Freddy nimmt ohne weitere Diskussion Kurs auf die Erde, gefolgt von dem zweiten Zerstörer mit Antony Starr und Bella Borenko an Bord, die von allen nur BB genannt wird.

»Ich werde als erstes Ägypten ansteuern. Da lässt sich anhand der antiken Gebäude vielleicht noch am ehesten der Zeitsprung, den K3 berechnet hat, nachweisen.«

Die beiden Jagdzerstörer fliegen etwas versetzt über den Nordpol und Europa in Richtung Nordafrika.

»Schon seltsam«, sagte Buzzy wie zu sich selbst. »Wir fliegen über Europa hinweg, aber von Zivilisation keine Spur. Nur dichte Wälder vom Atlantik bis zum Mittelmeer und so weit man blicken kann. Bäume und Wälder ohne Ende. Jedem Sägewerksbesitzer müsste so ein Anblick unweigerlich die Tränen in die Augen treiben.«

»Und das Mittelmeer? Nur Wasser und Wellen, so weit das verträumte Auge reicht«, fügte Freddy ernüchternd an. »Ich glaube, wir sitzen ganz schön in der Scheiße.«

»Ein wahres Wort, mein Guter.«

»Da kommt auch schon die afrikanische Küste in Sicht.«

»Ich glaube, da vorne, das ist Alexandria? Oder das, was es einmal war.«

»Oder sein wird.«

»Mach mich nicht verrückt, Freddy.«

Nur wenig später erschien tatsächlich eine große Pyramide auf den 3D-Frontbildschirmen, die, wie ein Split-Window angeordnet, einen freien Blick auf das Geschehen vor dem Jagdzerstörer simulieren. Pilot und Feuerleitoffizier haben von ihren Plätzen aus eine perfekte Rundumsicht.

Die glatten Wände der Cheopspyramide mit den weißen Abdecksteinen blenden geradezu in den Augen. Die optische Erfassung der beiden temporären Avatare, die sie im eigentlichen Sinne sind, blendet automatisch ab. In ihrer menschlichen Existenz, in die sie ja zu irgendeinem Zeitpunkt in der Zukunft zurückverwandelt, man könnte auch sagen wiedergeboren werden, würden sie jetzt reflexartig die Hände vor die Augen heben.

»Da lag K3 wohl ziemlich richtig, würde ich sagen«, sprach Freddy Sharma mit Blick auf das grandiose Bauwerk. »Also dann. Gehen wir auf Erkundung.«

2

Der Quantenrechner des Jagdzerstörers, also das Gehirn des Kampfschiffes, von seiner Besatzung nur liebevoll »Zack« genannt, geht in den Orbit und umkreist die Erde in einer Art Rasternetzerfassung. Antony Starr und BB in dem zweiten Zerstörer nehmen dagegen den Mond unter die Lupe und werden sich später in einem entfernteren Orbit auf Gegenkurs an den Observierungen beteiligen. Zack sucht mit all seinen Möglichkeiten die Oberfläche bis in den Untergrund und die Meerestiefen ab. Freddy und Buzzy drehen derweil Däumchen. Ihre eigenen visuellen Fähigkeiten sind in dieser Phase zu bescheiden und nicht gefragt. Die Zeit vergeht und den beiden bleibt nichts anderes, als ihren Gedanken nachzuhängen und Sonne, Mond und Sterne zu betrachten, die in schöner Regelmäßigkeit die Bildschirme durchwandern.

»Ich hol mir mal ein Buch«, sagte Buzzy.

»Du hast ein Buch dabei?«

»Büücher!«

»Das gibt's doch nicht!«

»Doch, doch. Ich habe es aus meiner Bibliothek mitgenommen, für Augenblicke wie diesen hier. Du kannst ja weiterhin auf die Bildschirme glotzen. Gell!«

»Bücher?« Freddy kann es nicht fassen.

»Nicht nur Bücher, mein Junge. Raritäten, unschätzbare! Ich bin nicht nur der hirnlose Kampfroboter, für den du mich zu halten scheinst.«

»Woher willst du wissen, was ich von dir denke.«

»Ich weiß nicht. Was denkst du denn? Ich habe ja neben dem Kriegsdienst auch noch ein Leben, so wie du auch.«

»Aber warum nimmst du Bücher mit, wo doch in den Datenspeichern des Schiffes so ziemlich alles, was man sehen und lesen möchte, verfügbar ist.«

»Was glaubst du denn, ich fliege doch nicht Hunderte Jahre lang und Lichtjahre weit durch die Weltenräume und lassen meine wertvollsten Gegenstände irgendwo zurück.«

»Na ja, irgendwie ist das schon verständlich, wenn's tatsächlich so wertvolle Originale sind.«

»Genau! Na gut, das hast du offenbar begriffen, dass man seine Schätze nicht unbeaufsichtigt irgendwo herumliegen lässt.«

Mit einem freundlichen »Hallo«, meldete sich Zack zu Wort. »Also da unten ist nichts Major Sharma, Oberleutnant Buzzy.«

»Gar nichts?«

»Doch schon«, versuchte sich Zack in menschlicher Konversation, die ihm oder ihr durchaus geläufig ist. »Natur eben und Menschen, die fischen, jagen und mit Kupferwerkzeugen Steine bearbeiten.«

Mehr zu melden hielt Zack nicht für nötig. Die Fakten sind ja klar. Keine Spur von Ros' Flaggschiff, der Nahle, und das schließt natürlich die Besatzung des Konokreuzers mit ein.

»Wollen wir runtergehen und uns etwas umsehen?«, fragte Freddy seinen Bücherfreund auf dem Nebensitz.

»Tja … Warum eigentlich nicht?«, antwortete Buzzy kurz und bündig und klappte wie zur Bestätigung seine Rarität zu.

»Vielleicht können uns die Fellachen einen Tipp geben.«

»Was denn für'n Tipp?«

»Nun ja, seltsame Erscheinungen am Himmel, Kondensstreifen oder so etwas in der Art? Egal, ich gehe runter.«

Freddy gibt Zack die Anweisung, sie in der Nähe einer dörflichen Ansiedlung abzusetzen.

Freddy und Buzzy stapfen kurz darauf zwischen Feldern und landwirtschaftlichen Anbauflächen entlang, die von einer savannenartigen Landschaft mit lockerem Buschwerk und verstreut stehenden Palmen umgeben war.

Buzzy, der die ackernden Bauern auf den Feldern im Blick behielt, zuckte kurz zusammen, als einer der Fellachen in seine Richtung blickte. Keine Reaktion, obwohl die beiden Freunde hier so unpassend und fremdartig daherkommen wie ein Gorilla in einer Aida-Aufführung der Pariser Opéra. Der Mann blickte einfach durch sie hindurch. Buzzy drehte sich unwillkürlich um, um zu sehen, was es da hinter ihnen zu sehen gab. Nichts, nur Savanne, so weit der Blick reicht. Buzzy griff sich tastend an die Brust. Es dauerte einen Augenblick, bis er begriff. In dem Moment flüsterte Freddy, der nun ebenfalls seinen Blick hin zu den Bauern richtete:

»Obacht!«

»Was ist, Freddy?«

»Die Bauern!«

Buzzy blickte seinen Freund fast mitleidig an.

»Sie können dich nicht sehen.«

»Hä?«

»Sie sehen uns nicht, wir sind unsichtbar. Frag mich nicht, warum.«

»Warum?«

»Na klar … Ich würd mal sagen, du meldest dich bei Callahan und teilst ihr diese Tatsache mit … na! … na mach schon!«

Freddy sprach daraufhin, immer noch leicht verständnislos, in den Kommunikationschip.

»Callahan hat verstanden«, meldete Sharma seinem Untergebenen.

»Ich hab auch verstanden, Freddy. Wir brauchen uns jedenfalls nicht zu verstecken und können hier ganz nach belieben herumgeistern. Mal sehen, ob sie uns hören können?«, meinte Buzzy zweideutig und formte mit den Händen einen Trichter vor dem Mund und brüllte »Haaallooo!« zu den Bauern hinüber. »Na, was habe ich gesagt, keine Reaktion. Ich hoffe nur, dass wir hier nicht zufällig auf blinde und taube Bauern gestoßen sind.«

Freddy forderte Zack auf, der sich immer noch im Orbit befand, ihnen einige der übrig gebliebenen Kampfdrohnen aus dem Krieg um Uuntschschii herzuschaffen. »Damit haben wir dann mehr Bewegungsfreiheit.« Freddy nickte dazu Beifall heischend.

»Klasse Alter! Echt gute Idee!«

Das fand auch Norman Gage, Leiter der bordeigenen Fabrik. In seinen Lagerhallen lagerten noch immer eine große Anzahl der Drohnen aus den Kämpfen um Uuntschschii, für die es nun keine Verwendung mehr gab und die auf ihre Demontage warteten und nur noch Platz wegnahmen.

Die vierzehn flachgebauten, achteckigen Oktogonscheiben koppelten sich mit ihren Seitenkanten zu einer Art flugfähiger Plattform zusammen und meldeten sich vor Sharma und Buzzy zum Dienst. Damit stand den beiden ein Fluggerät mit Gravitationsantrieb zur Verfügung. Freddy und John Buzzy stiegen auf.

Mit untergeschlagenen Beinen saßen sie nebeneinander auf der Plattform. Gage hatte noch einige Haltegriffe auf der Oberfläche anbringen lassen. Sicher ist nun mal sicher! Es ging nordwärts, immer am Nil entlang. Felder, Bewässerungsgräben und Dörfer reihten sich in schöner Regelmäßigkeit aneinander, wie nach einem Masterplan ordentlich angeordnet. Und wie erwartet, blickte keiner der Fellachen zu ihnen hinauf. Tja, Buzzy hatte mal wieder recht behalten und diesen seltsamen Zustand augenblicklich und folgerichtig realisiert. Warum das aber so und nicht anders war, blieb vorläufig noch im Dunkeln.

In der Ferne kam nun sehr schnell die große Pyramide ins Blickfeld und war kaum noch zu ignorieren. Die Seitenwände aus polierten weißen Abdecksteinen reflektierten gleißend das Licht der Sonne. Das Licht des Gottes Aton brannte fast schmerzhaft in den Augen. Unmöglich, dass sich die einfache Bevölkerung diesem Eindruck hätte entziehen können.

Es war schon ein sehr seltsames Gefühl für Sharma und Buzzy, innerhalb des wuseligen Treibens um die Pyramide und den Tempelanlagen herum über den Köpfen der Menschen dahinzugleiten. Sie beschlossen abzusteigen und sich unter die Leute zu mischen, um ihnen bei ihren Tätigkeiten zuzusehen.

Buzzy gesellte sich zu einem untergeordneten Beamten, sah, hörte und verstand nichts von dem, was der Mann da mit einem Handwerker zu bereden hatte. Aber Buzzy wäre nicht Buzzy, wenn er nicht unvermittelt Mittelfinger und Daumen zu einem gespannten Bogen fügen würde und dem Beamten den Zeigefinger ordentlich hinter dessen Ohr schnalzen ließ.

Freddy erwartete keine Reaktion, sah dann aber zu seiner Überraschung, wie sich der Mann in dem prächtigen Wickelrock irritiert ans Ohr fasste und daran herumpfriemelte, sich umdrehte und geradewegs durch Buzzy hindurchblickte. Triumphierend blickte sich Buzzy zu seinem Freund und Vorgesetzten um.

»Ich habe eine Möglichkeit entdeckt, wie man mit den Leuten kommunizieren könnte.«

»Da bin ich aber mehr als skeptisch, ob mit Ohrenschnalzern eine vernünftige Unterhaltung zustande kommen könnte. Trotzdem bleibt die Frage, warum können uns diese Leute weder sehen noch hören?«

»Gute Frage, mein Guter! Diese Frühägypter leben in ihrer Welt, würde ich einfach mal so sagen. Und wir beide kommen ja … nun ja, eigentlich aus der Zukunft, sozusagen. Für diese Menschen existieren wir noch gar nicht. Wir existieren noch nicht, sieh's mal so.«

»Mir bleibt auch nichts anderes übrig. Mach noch mal!«

Buzzy ließ daraufhin seinen Mittelfinger hinter dem Ohr des Handwerkers, der wieder aufgeregt auf den Beamten einredete, schnalzen. Und wieder mit einer ähnlichen Reaktion. Der Mann fasste sich an sein Ohr und rieb daran. Auch er war offensichtlich kurz irritiert.

»Wie du siehst, ich kommuniziere!«

»Egal, komm weiter.«

Die zwei bestiegen erneut ihr Transportvehikel und glitten wieder über die Köpfe der Menschen dahin. Plötzlich flackerte die umgebende Atmosphäre um ihren »fliegenden Teppich«, wie man es von Störungen auf Bildschirmen her kennt. Minutenlang wurden das auch von den Menschen voller Erschrecken beobachtet, wie sie so dahinflimmerten und -flackerten.

»Ich glaube, wir stören hier irgendwie!«, meinte Freddy.

»So sieht's aus«, bestätigte Buzzy. »Lass uns verschwinden, bevor wir in die Sagen und Legenden dieser Leute eingehen werden.«

»Ich glaube, das ist in diesem Augenblick schon geschehen.«

»Nun ja, damit wäre schon mal einiges geklärt!«

»Aber was war das denn jetzt?«, fragte sich Freddy. »Ich dachte, wir sind unsichtbar?«

»Rede mal mit Zack, ob der irgendetwas Ungewöhnliches registriert hat«, regte Buzzy an. Als wenn nicht alles um uns herum unrealistisch ist, dachte Buzzy bei sich.

Zack, das Gehirn des kleinen Jagdzerstörers, das schon aus Gewohnheit mithört, man könnte es auch Vernetzung nennen, meldete sich daher auch gleich unaufgefordert zu Wort: »Innerhalb der großen Pyramide fand ein außergewöhnlich starker Energiefluss statt. Mehr Infos kann ich dazu auch nicht liefern. Nur so viel: Die Energie floss exakt zu der Zeit, als ihr für 32 Sekunden für die Menschen sichtbar wurdet.«

Freddy blickte zum Himmel auf. »Ich denke jetzt sind wir wirklich in einer Mission unterwegs. Der Spaß scheint wohl erst einmal vorbei zu sein.«

3

»Denkst du gerade, was ich denke?«

»Ja … nee, was denkst du denn?«, antwortete Buzzy.

»Ich denke, wir sollten uns den Ort der Energieemission mal genauer ansehen. Denkst du nicht auch?« Freddy warf dazu vor seinem Freund und Kampfgefährten aufmunternd seinen Kopf in den Nacken. »Na?«

»Klar machen wir das. Ist 'n echt guter Gedanke, den du da hattest.«

»Denke ich doch. Also los.«

Die große Cheopspyramide steht, wie in einigen Tausend Jahren auch noch, unverrückbar inmitten eines großen Gewusels von Menschen, Handwerkern und Priestern, die es allesamt wichtig hatten. John Buzzy weist die Drohnen an, sich bis auf Weiteres zurückzuziehen und erst einmal von der Bildfläche zu verschwinden. Dann gingen sie auf das, was die Vorderseite zu sein schien, zu, wo sich in halber Höhe der Zugang befand.

»Was glaubst du?«, fragte er Freddy.

»Wart's ab, wir werden sehen.«

Und sie sahen, um es einmal biblisch auszudrücken: Es erschien eine Gestalt, die garantiert nicht von dieser Welt war, in der Öffnung. Seltsamerweise schlotterte das Ding aus einer anderen Welt wie vor Kälte. Obwohl die Sonne mit ihrer ganzen Kraft auf die Gestalt niederknallte.

»Siehst du das? Wir haben heute gut und gerne eine

Temperatur von freundlichen 35 Grad im Schatten, und der Kerl schlottert sich einen ab.«

Die tiefrot- und lederhäutige Gestalt schnappte wie ein Fisch auf dem Trockenen nach Luft. Sie war hässlich, um es einmal genau zu beschreiben, mit einem Gesicht wie ein afrikanisches Warzenschwein, also mit Hauern und Hörnern, die ihm aus dem Maul und aus dem Kopf hervorwuchsen.

»Sieht aus, als würde das Ding jeden Moment krepieren. Es scheint irgendwie nach Luft zu schnappen.«

»Ja, scheint so«, stellte auch Freddy fest. »Na, von hier ist das Ding jedenfalls nicht, das sieht man ja. Vielleicht hatte die starke Energieentladung …«

»Energiefluss. Zack sprach von einem Energiefluss!«

»Danke! Also, vielleicht hatte der ungewöhnliche Energiefluss etwas mit der Ankunft von diesem Dingsda zu tun?«

»Hm … ja. Scharf kombiniert, Freddy. Könnte schon sein«, bestätigte John Buzzy wie zu sich selbst. »Lass uns reingehen.«

Das hatte wohl auch das fremde Ding genau in dieser Sekunde vor. Es machte auf den Klauen kehrt und sprang raubtiermäßig auf allen Vieren zurück in den Gang.

Freddy und Buzzy bewegten sich durch die Gänge innerhalb der Pyramide gerade so, als wären sie völlig allein unterwegs. Was ja auch irgendwie und offenbar völlig normal zu sein scheint, wenn man aus einer anderen Zeitebene kommt und in das Pharaonenreich verschlagen wurde. Keiner der durch die Gänge Hastenden nahm jedenfalls Notiz von ihnen. Die Menschen gingen einfach durch sie hindurch; eine immer noch schwer zu akzeptierende Tatsache für die beiden. Offenbar ist der Blick und Versatz in die Vergangenheit durchaus möglich, umgekehrt aber eben nicht. Das heißt, für einige kurze Momente blieben die Priester und Steinmetze wie angewurzelt stehen, als die beiden für kurze Zeit für die Altägypter doch wieder sichtbar wurden.

»Aha! Da ist wohl gerade die Energie wieder geflossen«, meinte Buzzy, was Zack dann auch gleich und umgehend bestätigte.

»Da vorne werden wir gleich die Große Galerie betreten«, klärt Buzzy seinen Freund auf.

John Buzzy hatte sich ganz offenbar mit dem alten Pharaonenreich und deren vorchristlichen Bauwerken beschäftigt. Denn einige Schritte weiter öffnet sich dann tatsächlich die Halle vor ihnen und macht sie erst einmal sprachlos. Ein skurriles technisches Großgerät nahm den Raum fast vollständig ein.

»Ich hatte seit jeher so eine Ahnung, dass diese erste, große Pyramide ein technisches Bauwerk war. Und nun sehe ich auch, was ich immer vermutete, dass die Pyramide praktisch um diese Maschine herum gebaut worden ist. Und damit sehe ich mich hier und jetzt irgendwie bestätigt«, meinte Buzzy in einer seiner seltenen vernunftlastigen Anwandlungen.

»Pyramide ist doch Pyramide?«

»Klar, von außen betrachtet schon, Freddy. Aber die Wände der Gänge und Kammern der Cheopspyramide sind nicht dekoriert worden. Für mich war das Bauwerk schon immer eine Maschinenhalle. Nicht jeder behauene

Stein ist automatisch und gleich Fragment einer Kultstätte.«

»…«

»Nun biste sprachlos, Kapitän Sharma. Kulturgeschichte ist wohl nicht dein Spezialgebiet. Dann lass uns jetzt herausfinden, wie dieser hässliche Typ von gerade eben einzuordnen ist und was es mit diesem Maschinending hier auf sich hat.«

»Ich habe absolut keine Idee, John, was das da sein könnte.«

»Habe ich mir schon gedacht. So etwas habe ich auch noch nicht gesehen.«

»Also, wir haben hier zwei identische Maschinen, so wie ich das sehe, die in einer Reihe, könnte man sagen, hintereinander angeordnet sind. Eigentlich sind es zwei bogenförmige Durchgänge, mit Maschinenapparaturen drum herum.«

»Sehe ich auch so, Freddy. Der Raum um uns herum scheint mit latenter Energie geradezu vollgefüllt zu sein. Jedenfalls ist es das, was meine Sensoren registrieren. Das Ding da, oder die beiden Dinger, wenn man es so betrachtet, strahlen offenbar bereits im Off-Modus, also im Ruhestand, enorme Energiemengen ab.«

»Energiefluss hatte Zack gesagt!«

»Ja, genau, Freddy! Aber woher oder wohin fließen diese Energiemengen?«

»Ich kann nur raten: Zwischen den beiden Maschinen, würde ich sagen.«

»Spekulieren hilft da nicht. Das, was Zack gemessen hatte, war energiereicher als das, was eine komplette

Raumflotte unter Volllast während des Startvorganges an Energie verbraucht. Hm«, machte John Buzzy und verzog dazu sein Gesicht, als würde er angestrengt nachdenken. »Ich denke, ich werde einen Aufnahmerekorder hier in die Ecke kleben. Dann werden wir schon sehen, was hier abgeht.«

Buzzy drückte den stecknadelkopfgroßen Miniaturrekorder ohne großen Aufwand in einen Kalksteinriss der schmucklosen Wand hinein. Er würde an dieser Steinoberfläche haften bleiben bis in alle Ewigkeit, wenn man ihn vorher nicht mit dem Kontaktschlüssel wieder entfernt.

»Lass uns verschwinden. Wir können uns das später dann in Ruhe ansehen. Na los, komm schon«, schob Freddy seinen Freund an.

Ungerührt marschierten die beiden inzwischen bedenkenlos durch die umherhastenden Frühägypter hindurch. Der eine oder andere Durchquerte sah sich danach überrascht um, ging dann aber meist kopfschüttelnd weiter. So ganz reibungslos scheinen die Kontakte zwischen den Zeitebenen dann doch nicht abzulaufen.

»Okay, John, gehen wir zurück an Bord. Wir haben ja immer noch den Auftrag, uns an der Suche nach Aran Ros und seinem Schiff, der Nahle, zu beteiligen.«

Zack hatte sich wieder in das bis über die Grenzen des Sonnensystems hinausgehende Überwachungs- und Suchraster eingegliedert. Aber innerhalb der ersten 48 Stunden nach Ankunft im System war noch immer keine Ortungsmeldung des schweren Kreuzers Nahle eingegangen. Langsam kamen Zweifel auf, ob das irdische Sonnensystem überhaupt das Ziel von Admiral Ros gewesen war. Auf dem Kommandodeck der Spitfire begann man über alternative potentielle Ziele auf der Route Uuntsch-schii-Erde nachzudenken. Wenig später meldete sich dann Kommandantin Callahan bei den Suchmannschaften:

»Ros könnte alternativ Proxima Centauri angesteuert haben.«

Immerhin war das Nachbarsonnensystem damals – oder in Zukunft, wenn man so will – einer der bedeutendsten Außenposten der Menschheit. Ros war bei seinem Eintreffen in der Region sicher nicht weniger überrascht als das Personal der Spitfire, dass weder Funkverkehr noch die üblichen Raumflugverbindungen stattfanden.

»Trotzdem haben wir keine andere Wahl, als vorerst die Suche nach Ros fortzusetzen«, fuhr Callahan fort. »Wir dürfen Ros keinesfalls unterschätzen und keine Eventualitäten außer Acht lassen. Ende.«

Zack spulte Stunde um Stunde sein vorgegebenes Rasternetz ab. Bei den beiden Offizieren machte sich mehr und mehr Langeweile breit. Es gibt einfach nichts zu tun für Buzzy und Sharma, während Zack den umgebenden Raum mit seinen Sensoren und Ortungsmöglichkeiten abtastete. Sharma war längst in den Ruhemodus übergewechselt und Buzzy, der gerade dabei war, eines seiner literarischen Raritäten hervorzuholen, blickte an Sharmas Nasenspitze vorbei nach links und kniff unbewusst seine Augen zusammen. Da war etwas, das seinen Blick anzog und ihn irritierte. Es dauerte einen Augenblick, bis er realisierte, dass es ein winziger, flimmernder Punkt war, den sein unterbewusstes Sehen fokussiert hatte.

»Hm?…« Oberleutnant Buzzy rüttelte seinen Pro-forma-Vorgesetzten unsanft an der Schulter.

»Hä!«

John Buzzy streckte den Arm aus.

»Guck mal da.«

»Was? Wo?«

»Links!«

»Wo links?«

»Links… links ist da.«

»Mensch ich weiß, wo links ist!«

»Na dann sieh halt hin!«

»Ja und? was soll da sein?«

»Pfff!«, machte Buzzy. »Da ist ein Punkt… ganz leicht zu erkennen, weil er sich untypischerweise gegen den allgemeinen Drehimpuls bewegt.«

»Sehe ich.«

»Und das Objekt ist relativ nahe.«

»Könnte sein, ja.«

»Könnte nicht nur sein, das ist so. Das Ding glänzt wie alter Ho-Cifa-Ho-Stahl. Was sagt dir das?«

»Wow!«

»Genau. Wow! Zack, leg mal eine Vergrößerung auf den Hauptschirm.«

»Gerne, Oberleutnant Buzzy, aber das Objekt ist energietechnisch schwer zu orten und es hat messtechnisch kaum Masse. Ich kann es nur rein optisch erfassen. Es sieht aus wie die Nahle.«

Zack leitete eine verschwommene Vergrößerung auf den Bildschirm.

»Da, sieh's dir an, das ist ganz eindeutig die Nahle!«

Buzzy deutete aufgebracht auf den linken Teil des Frontscreens ihres Jagdzerstörers, der wie ein Split-Window vor ihren Sitzen angebracht war.

»Okay… gut, aber warum flimmert die Nahle vor einem klaren Hintergrund wie eine Bildstörung aus den Anfängen der TV-Ära, als die Fernsehgeräte noch mit Handkurbel betrieben wurden?«

Buzzy schaute Sharma wie einen bedauernswerten Irren an und schüttelte resignierend den Kopf ob seines armen, verblendeten Freundes.

»Hör zu! Die Kono sind ähnlich wie wir in einer versetzten Zeitebene gefangen. Der schwere Kreuzer ist ja auch einige Zeit vor uns hier im Sonnensystem eingetroffen. Er befindet sich offenbar nicht ganz exakt auf unserer Zeitebene, und trotzdem können wir von ihm ein flüchtiges Bild wahrnehmen, obwohl er nicht wirklich da ist, der Kreuzer.«

»Ach, so ist das.«

»Jetzt tu nicht so, Freddy. Das ist doch wirklich nicht so schwer zu verstehen.«

»Könntest recht haben, John. Wir sehen also etwas, was gar nicht so richtig vorhanden ist.«

»Schnellmerker. Was war das denn?«, rief Buzzy plötzlich laut.

Zack hatte eine optisch nicht direkt erkennbare Strahlschussbahn von dem nicht wirklich anwesenden schweren Kreuzer auf die Frontschirme visualisiert.

»Ros hatte soeben auf uns schießen lassen«, meldete Zack dazu lapidar.

»Scheiße!«

»Ausdrücke hast du, Freddy.«

»Warum leben wir noch?«

»Die Frage hat sich Ros sicher auch gestellt. Aber wir kennen ja jetzt das Geheimnis.«

»Lass uns Meldung machen, dass wir die Nahle auf dem Schirm haben. Callahan wird's freuen, dass wir endlich einen ersten Hinweis auf den Verbleib von Ros haben.«

»Ros und sein Flaggschiff sind also gesichtet und in Reichweite und trotzdem unerreichbar weit entfernt, wenn ich das richtig verstanden habe!«

»Genau! Das ist das Problem mit dem Raum-Zeiteffekt«, schließen Buzzy und Sharma ihren Bericht an Callahan ab.

»Und hätte Oberleutnant Buzzy nicht durch puren Zufall und etwas Glück den winzigen Punkt auf dem linken Seitenscreen als die Nahle interpretiert, wäre uns die Nahle wahrscheinlich nie ins Netz gegangen«, meinte Sharma noch erklärend anfügen zu müssen.

»Oberleutnant Buzzy, Sie schaffen es doch immer wieder, positiv aufzufallen. Da kann ich nur noch gratulieren«, wünschte die Kommandantin aufrichtig. Und dann dienstlich: »Sie halten weiterhin die Stellung, bis ein autonomer Jagdzerstörer für die weitere Überwachung der Nahle bei ihnen eintrifft. Danach kehren sie direkt zur Spitfire zurück. An alle! Die Suche nach der Nahle ist hiermit ausgesetzt. Alle Einheiten werden zur Spitfire zurückbeordert. Ende!«

Sharma und Buzzy erhielten von Kommandantin Callahan gerade ein letztes Briefing. Auf der gegenüberliegenden Seite der Kommandozentrale betrat Doktor Julie Müller den Raum und Callahan drehte sich zu der Ärztin um.

»Was hat das zu bedeuten?«, flüsterte Buzzy. »Warum ist die Frau Doktor nicht in ihrer Krankenstation? Hast du irgendwelche Wehwehchen?«.

»Quatsch nicht«, antwortete Sharma.

»Major Sharma, Oberleutnant Buzzy!«

Die beiden machten auf aufmerksam:

»Ja!«

»Da sie ja schon über Erfahrungen und Kenntnisse der Gegend um Gise verfügen, bietet es sich natürlich geradezu an, dass sie beide ihre Forschungen, nennen wir es einmal so, da wieder aufnehmen werden, wo sie sie unterbrochen hatten. Als wissenschaftlicher Support wird ihnen Doktor Julie Müller zur Seite gestellt«, sagte Callahan zu Dr. Müller gewandt.

»Hm!«, machte Sharma ganz leise.

Buzzy kratzte sich am Hals und flüsterte seinem Freund zu:

»So wie's aussieht, müssen wir jetzt auch noch Kindermädchen spielen.«

»Hm!« machte Sharma ein weiteres Mal, ohne allerdings konkreter zu werden.

»Also dann, Frau Doktor!«, rief Buzzy und ging mit der ausgestreckten Hand auf Dr. Müller zu und versuchte dabei eine Art Lächeln, so wie man ein liebes Kind anlächelt.

Callahan zog, zu Dr. Müller gewandt, ihre Augenbrauen ein wenig hoch, was alles Mögliche bedeuten könnte. Dr. Müller augenbrauente zurück, was ziemlich sicher bedeutete: Mit den beiden werde ich schon fertig werden. Auf Dr. Müller warteten dann aber doch trotz aller Vorreden einige Überraschungen.

Die Cheopspyramide, die älteste der drei großen Pyramiden, ragte alleinstehend wie ein gewaltiger Monolith aus der Ebene von Gise auf. Die polierten Decksteine ließen das Monument wie in göttlichem Glanze gleisend hell erstrahlen. Ein blendender Berg, mathematisch geformt. Das bekannte Bild von der Dreifaltigkeit der drei großen Pyramiden hat sich in das Bewusstsein unzähliger Generationen regelrecht eingebrannt und ist nun plötzlich hinfällig geworden. Und als wenn das alles noch nicht genug wäre, so war die Tatsache, dass sie sich hier völlig unbehelligt innerhalb eines Gewusels von Beamten, Handwerkern und Waren transportierenden Arbeitern bewegen konnte, das wohl größte Überraschungsmoment.

Dr. Müller zuckte erschrocken zusammen, als ein Bauarbeiter schnellen Schrittes einfach durch sie hindurchging. Unweigerlich griff sie sich an die Brust und schaute dem Mann hinterher. Der sah sich grübelnd um, schien für einen Augenblick verunsichert.

»Ich verspürte ein gewisses leichtes Kribbeln, während der lendengeschürzte Herr durch mich hindurch marschierte«, meinte sie.

»Kein Problem, Frau Doktor, daran gewöhnt man sich schnell«, wiegelte Sharma ab. »Es gibt nur ein Problem.«

»Und das wäre?«

»Wenn die Energie fliest, die Zack unser Schiffsgehirn gestern gemessen hatte, dann werden wir für all diese Leute hier für kurze Zeit sichtbar.«

»Kommt das denn öfter vor?«

»Nein-nein, bisher trat dieses Phänomen gerade zwei Mal auf. Sie hätten die Gesichter der Leute sehen sollen.«

»Das ist nicht gut, wenn solche Ereignisse ungeklärt bleiben«, fürchtete die Ärztin.

»Das sehe ich auch so«, stützte Buzzy die Sorge der Frau Doktor. »Die enorme Energieentfaltung während des seltsamen Energieflusses scheint die Zeitmembrane für kurze Zeit zu neutralisieren. Dazu kommt noch, dass wir im Moment keinerlei Erklärung dafür haben, warum es überhaupt zu diesem Zeitparadoxon kommen konnte.«

»Und wie lange dieser Zustand noch anhalten wird«, ergänzte Sharma.

»Wir wissen also noch gar nichts!«

»Genau… also nein. Sicher scheint nur, dass der Durchgang des vagabundierenden Schwarzen Loches als ursächlicher Auslöser anzunehmen ist. Also mit einer ziemlichen Wahrscheinlichkeit«, sagte Buzzy, nickte dazu bekräftigend und kniff die Lippen zusammen, fast ein wenig entschuldigend.

Die Drei von der Spitfire stiegen wenig später in die Pyramide ein.

»So! Das sind die Apparate, Frau Doktor. Haben Sie vielleicht eine Vorstellung, um was es sich dabei handeln könnte«, fragte Sharma unverblümt. »Wir haben nämlich nicht die geringste Ahnung, was das da sein könnte … jedenfalls und immerhin scheint es sich dabei um zwei völlig identische Apparate zu handeln, so viel steht wohl fest.«

Dr. Müller betrachtete die bogenförmigen Apparate und sah beiläufig den Priestern zu, die wohl zum Bedienpersonal gehörten.

»Man hat, wie wir sehen, menschliches Personal rekrutiert und angelernt. Das könnte darauf hindeuten, dass die Fremden hier nur sporadisch anzutreffen sind. Möglicherweise die Erde immer Mal wieder für nur kurze Zeit besuchen. Könnte doch sein, dass eine fremde Macht versucht, Einfluss auf die Menschen zu nehmen.«

»Oder gleich die Erde in ihren Besitz bringen will!«, vermutet Buzzy.

Dr. Müller nickte nachdenklich.

»Nehmen wir einmal an, dass es sich dabei um eine Sende- oder Empfangsstation handelt oder um beides.«

»Könnte sein. Hört sich auf jeden Fall logisch an, Frau Doktor«, schloss sich Buzzy an. »Wir müssen einfach abwarten und auf Ereignisse und Bilder durch die Wanze hoffen, die ich hier in einer Fuge angebracht habe.«

»Dann sind wir hier fürs Erste fertig. Einverstanden oder Einwände?«

Sharma und Buzzy hatten keine Einwände.

Wenige Stunden später meldete Zack weitere Energieflüsse aus der Pyramide.

»Denkst du, dass mit dem Energiefluss wieder so ein feuerrotes Monster aufgetaucht ist?«

»Kann schon sein Freddy, ja … das wäre schon vorstellbar.«

4

Die ersten Fackeln wurden entzündet und dann brach auch schon ziemlich schnell die Dämmerung herein. Dr. Müller, Sharma und Buzzy saßen etwas erhöht und blickten zu den Gestalten hinüber, die sich zwischen drei großen Feuern aufhielten. Die räumliche Entfernung bereitete dabei kein Problem. In ihrer temporären Existenz als Avatare der eigenen Person, verfügten ihre Augen über hochauflösende optische Telefunktionen. Die Glut der Feuerstellen strahlte eine so starke Hitze ab, dass die meisten Menschen, die diese Feuer entzündet und am Brennen gehalten hatten, längst Reißaus genommen hatten.

»Die fremden Wesen, die sich inmitten zwischen den Glutnestern aufhalten, sind an diese hohen Temperaturen offenbar gewöhnt, brauchen die Hitze geradezu«, fachsimpelte Dr. Müller.

Da konnte auch Sharma nicht mit seinen Weisheiten hinter den Berg halten:

»Mir scheint, diese Spezies kommt direkt aus der Hölle!« Was stummes Zustimmungsgenicke bei den anderen auslöste. »Ich denke, denen ist es jetzt erst so richtig kuschelig.«

Ganz entgegen seiner sonstigen Abgeklärtheit stößt Buzzy ein erschrockenes »verfluchte Scheiße!« aus.

»Was is'n?«, hörte sich Sharma sagen, obwohl er selbst bereits den Grund von Buzzys Ausruf sah.

Zwischen den drei bekannten rothäutigen Wildschweinfratzen erhob sich jetzt ein einzelnes Exemplar, das sich völlig von den drei roten unterschied, noch um einiges hässlicher schien und mit zirka zweieinhalb Meter Körpergröße die anderen weit überragte.

»Ich kenne den Typen. Ich dachte immer, der existiert nur in der Fantasie der Menschen.«

»Woher… wieso kennst du den, John?«, wollte Sharma mit einem überraschten Blick zu seinem Freund und Bordschützen hin wissen.

»Natürlich kenne ich den Kerl nicht persönlich. Ich meine, ich habe den schon mal auf Bildern gesehen.«

»Den da?«

»Es gab immer nur den einen. Man nannte ihn den Antichristen, Satan oder auch Luzifer.«

»Ach den… Ich dachte immer, das wäre eine Erfindung, um Kleingeister oder kleine Kinder zu erschrecken. Bist du sicher?«

»Aber ziemlich! Das heißt, ich habe die Gestalt in meinen alten Büchern, Schriften und auch in einer uralten, handgeschriebenen Bibel gesehen. Der Antichrist wurde zwar immer etwas übertrieben dargestellt, wie ich dachte. Aber der hier kommt den Darstellungen doch verdammt nahe. Und außerdem sagtest du doch gerade selber noch, dass diese Kerle direkt aus der Hölle kämen. Na!«

»Na und?«

»Na hör mal, du hast es doch hier direkt vor Augen. Satan ist kein Fantasiegebilde mehr. Satan lebt und wahrscheinlich gibt es noch mehr von denen, da wo der herkommt.«

»Die werden kaum grundlos hierhergekommen sein«, fürchtete nun auch Dr. Müller. »Das riecht ja geradezu nach einer Vorhut für eine Invasion. Ich denke, ich werde Callahan informieren. Es müssen jetzt schnellstens Strategien entwickelt werden, um eine satanische Invasion zu verhindern.«

»Wie wollen wir den Typen denn nennen?«, fragte Sharma mit einem Blick zu Buzzy hin.

»Gute Frage… Wenn man die Bezeichnung von seiner dunkelschwarzroten Körperoberfläche herleitet, die mich im Feuerschein irgendwie an Magma erinnert, ist das für mich ein Vulkanier.«

»Nein.«

»Doch! Jetzt fehlt nur noch Flash Gordon.«

»Mach jetzt keine Witze, John. Dafür ist die Sache viel zu ernst!«

Keiner der beiden konnte ja im Entferntesten ahnen, dass diese Ausgeburt der Hölle der Letzte seiner Art war.

Nach ihrer Rückkehr und ihren Aussagen zur Situation war auch Callahan aufs Höchste beunruhigt.

»So wie die Dinge nun einmal liegen, haben wir es nun plötzlich mit zwei potenziellen Gegnern zu tun. Die unterschiedlichen Zeitebenen schließen jedoch vorerst direkte Kontakte aus. K3 erstelle bitte eine Analyse, wie sich der weitere Verlauf der Zeitanomalie voraussichtlich entwickeln wird.«

»Dieses Phänomen habe ich schon längst unter Beobachtung, Josy, und ich bin zu dem Schluss gekommen, dass das durchreisende Schwarze Loch einen Raumzeittrichter hinter sich herschleppt. Dessen Wirksamkeit wird jedoch langsam abnehmen und sich gegen Ende verflüchtigen. Es löst sich auf.«

»Du hast aber keine Kenntnis darüber, wie lange diese Situation noch anhalten wird?«

»Das lässt sich im Moment nicht abschätzen, Josy. Aber eines scheint sicher, wenn sich die Anomalie letztlich verflüchtigen wird, wird es sehr schnell und vermutlich auch ziemlich plötzlich vonstattengehen.«

5

Callahan hatte eine um Jack Brown und Wess Hunter verstärkte Mannschaft zur Erde zurückbeordert. Dieses Mal sind die Leute allerdings mit der vollen Bewaffnung für Kriseneinsätze unterwegs. Niemand kann sagen, ob und wann sich in der nächsten Zeit der Raumzeittrichter mehr oder weniger abrupt auflösen wird. Und niemand kann sagen, wie sich die unterschiedlichen Zeitebenen dann zueinander verhalten werden. Flight Commander K3 hält es für das Wahrscheinlichste, dass man sich dann fast unmerklich mit den Urägyptern, mit dem Vulkanier und mit der Nahle und Admiral Ros sehr schnell in einer gemeinsamen Zeit wiederfinden könnte.

Vor ihrer Rückkehr zur Spitfire hatte Buzzy drei Spy-Drohnen ausgesetzt. Wieder unten angekommen, beorderte Buzzy die Drohnen zurück. Die sind in Optik und Größe in allen Farben schillernden Libellen nicht unähnlich. Die Mini- Flugmaschinen überspielen ihr gesammeltes Filmmaterial in die persönlichen Speicher der Truppe. Für die Leute liegt das ganze Informationsmaterial in einer Art vor, als hätten sie es direkt miterlebt. Jack Brown und Wess Hunter waren mehr als erstaunt, als sie die Bilder und Aufnahmen von so etwas wie Satan persönlich zu sehen bekamen.

»Das ist kein Fantasiegebilde«, rief Wess. »Das ist ein teuflisches Alien!«

»Klar doch. Was dachtest du denn, was du hier zu sehen bekommst? Du hast doch auch auf der Spitfire unserem Bericht beigewohnt«, erinnerte Buzzy den Vollzeitkrieger an ihre expliziten Aussagen. »Was dachtest du denn hier vorzufinden?«

»…?«

»So wie die Dinge nun mal liegen, haben wir es hier mit einer ganz realen satanischen Rasse zu tun. Wenn sich der Typ so verhält, wie es uns der Referent in seinen Sonntagsreden immer gepredigt hatte, dann haben wir hier ganz schnell unabsehbare Probleme.«

»Aber die wichtigste Frage bleibt doch«, warf Dr. Müller ein. »Was bezwecken die Fremden auf der Erde?«

»Also«, sagte Jack Brown, der mit Dr. Müller liiert ist.

Also, die beiden sind seit den gemeinsamen Kampfeinsätzen gegen die Kono auf Uuntschschii befreundet und ein Paar. Jedenfalls ist das die allgemeine Meinung, wenn die Sprache auf Dr. Müller und Jack Brown kommt. Aber man weiß es eben nicht genau. Dr. Müller und Jack geben keine Kommentare zu den Spekulationen ab, was zumindest unter den weiblichen Besatzungsmitgliedern für regen Diskussionsstoff sorgt.

»Also«, sagte Jack. »Wie schon von John Buzzy vermutet, sehe ich einen Versuch, auf die eingeborenen Menschen Einfluss zu erlangen.«

»Okay«, ging Buzzy nicht auf Jack ein. »Danke Jack.« Er sah sich in der Runde um. »Ich denke, ich werde jetzt als Erstes in die Pyramide einsteigen und die Aufnahmen meiner Spy-Wanze sichern.« Er sah sich ein weiteres Mal um und stapfte ganz und gar unaufgeregt davon.

Wie erwartet befand sich die Wanze noch an Ort und

Stelle, wenn auch mit bloßem Auge kaum zu entdecken. Buzzy hielt einen Stick an das Gerät, um die gesammelten Aufnahmen kontaktfrei herunterzuladen. Das Ding zeigte allerdings eine Errorfunktion an. Irgendetwas hatte die unkaputtbare Wanze offenbar beschädigt.

»Seltsam!?«

Buzzy löste sie mit dem Kontaktschlüssel aus der Wandfuge. Zack der Quantenrechner ihres Jagdzerstörers wird sich mit der Technik auseinandersetzen müssen. Der hat alle Möglichkeiten, um die Funktionen des Gerätes durchzuchecken. Und Zack wurde fündig und meldete sich dann auch unaufgefordert bei Buzzy zurück.

Die Wanze hatte stundenlang die belanglosen Tätigkeiten der Ägypter aufgezeichnet. Nichts Aufregendes. Lendengeschürzte braune Menschen, die die Maschinen abstaubten und die Halle fegten. Dann aber baute sich plötzlich unvermittelt ein indifferentes Energiefeld auf. Grün- oder blauleuchtend, schwer zu bestimmen, wurde dann farblos und für einen Augenblick erschien etwas verzerrt das teuflische Alien im Blickfeld, zusammen mit den drei rothäutigen Tieren, die vor ihm krochen und kuschten, so wie es aussah. Im Hintergrund war für einen kurzen Augenblick ein Raum mit fremdartiger Technik zu sehen. Bevor die Reisenden materialisierten, registrierte Zack erneut diesen enormen Energiefluss. Der wirkte sich allerdings wie ein starker elektromagnetischer Impuls auf das Aufnahmegerät aus und das Bild war weg. Zum Glück aber nicht völlig irreparabel. Zack konnte die wenigen Sekundenbruchteile der Aufnahme rekonstruieren.

»Danke, Zack!«, meldete Buzzy.

»Nur mit Glück blieb diese kurze Anfangssequenz erhalten und konnte rekonstruiert werden. Jedenfalls können wir jetzt mit Sicherheit sagen, dass es sich bei den beiden Bögen um einen Transmitter oder um ein technisch erzeugtes Wurmloch handelt«, redete Zack munter drauflos.

Da der Quantenrechner des Jagdzerstörers lern- und entwicklungsfähig ist, hat sich Zack die Redeweise, wie sich Sharma und Buzzy miteinander unterhalten, angenommen. Die beiden temporären, menschlichen Avatare sind zwar jedem biologischen Menschen in Kraft, Geschwindigkeit und Reaktionsvermögen haushoch überlegen. Aber im Einsatz geben Pilot Freddy Sharma und Bordschütze John Buzzy dann nur noch die Ziele vor. Zack setzt dann die Vorgabe nochmals um einiges schneller um und leitet Aktionen oftmals schon vor den eigentlichen Befehlen ein. Zack hat eine Art Vorausahnungsmodus entwickelt, was auf eine mentale Annäherung an die beiden Offiziere schließen lässt. Zack kann durchaus eigenständig agieren und handeln. Trotzdem fehlt ein letztes Quäntchen, das den Faktor Mensch komplett ersetzen könnte. Strategisch vorauszuplanen und Strategien zu entwickeln ist und bleibt auch Jahrhunderte nach den ersten elektronischen Rechenmaschinen immer noch hochentwickelten biologischen Lebensformen vorbehalten.

»Ist ja auch irgendwie logisch«, sagte Dr. Müller in eine entstandene, allgemeine Gedankenpause hinein. »Wer möchte schon in dreitausend Meter Höhe, tief unter dem

Meer oder mitten in einem Löwenrudel materialisieren. Ich kenne da niemanden.«

»Oder zum Teil im Körper eines schwarzen Hengstes, und schon wäre der erste Zentaur entstanden«, flachste Buzzy.

»Eine massive Pyramide als Basisstation ist da nicht die schlechteste Lösung, um ohne Komplikationen und gesundheitliche Schäden auf der Erde anzukommen«, fuhr Dr. Müller fort.

Da sprach einmal mehr die engagierte Ärztin aus Dr. Julie Müller.

6

Ohne erkennbare Gründe verdunkelte sich plötzlich der Himmel, nur um wenig später wieder in gleisendem Licht zu erstrahlen. Und als wenn das an sich nicht schon erstaunlich genug wäre, stand die Sonne danach an ganz anderer Position wie zuvor am Firmament.

Die einfachen Menschen, die gerade noch ihren gewöhnlichen Tätigkeiten nachgegangen waren, warfen sich entsetzt zu Boden oder eilten in den nächstbesten Tempel des Set, der Isis oder der Tefnut beispielsweise, um Schutz und Hilfe vor dem offenkundig bevorstehenden Weltuntergang zu finden. Für die Frühägypter schienen urplötzlich ihr ganzes wohlgeordnetes Universum, die Götter und selbst Aton in unheimlicher Weise verrückt geworden zu sein. Vielleicht hatten die Götter auch die Macht, das Leben der Menschen und ihre Welt wohlgefällig zu regeln, verloren.

Dann erschien auch noch eine zweite Sonne in merkwürdigem, mattem Glanz am Himmel und der Mond zog ungerührt eine, nie gesehene Bahn dazwischen hindurch, als wäre es das natürlichste der Welt. Die Lichtverhältnisse waren unstet und flackerten wie bei einer kaputten Leuchtstoffröhre. Es war Tag und Nacht zugleich, während immer neue, weitere, matt leuchtende Sonnen und Monde über den Himmel zogen. Für die Menschen schien das Ende der Welt gekommen zu sein. Dann wurde es plötzlich Stockfinster. Es wurde Nacht und das zur Mittagszeit. Welcher der Götter würde es wagen, sich gegen die unheilvollen Kräfte und Mächte der Gegenwelt zu erheben?

SATANS BRUT

7

Psame-ti hatte die ganze Nacht lang vor lauter Aufregung kaum schlafen können. Immer wieder blickte er nach Osten, von wo er die ersten Strahlen Atons erwartete. Zugleich mit dem Sonnenaufgang waren dann auch schon alle Männer und Frauen des Dorfes auf den Beinen. Psame-ti war dreizehn Jahre alt.

»Sohn«, rief ihn sein Vater. »Du hilfst beim Beladen der Esel und wirst dann der Karawane an ihrem Ende folgen. Pass gut auf«, wurde der junge Mann ermahnt, »dass keines der Tiere und keine Amphore mit dem Korn verloren geht.«

Noch war das Reich intakt und ruhte selbstgefällig in sich selbst. Doch kam es seit einiger Zeit immer wieder zu Überfällen von marodierenden Fremden. Man musste also auf der Hut sein, um das Korn, den Schatz des Reiches, sicher bis zu den großen Kornkammern des Pharaos hin zu transportieren. Sohn wusste ganz genau, dass dies äußerst wichtig für die Einheit und den Bestand des ganzen Volkes war. Ohne das Korn, das Geschenk des Nils, würde das Reich zerfallen und am Ende aufhören zu existieren. Die Hyksos, die Herrscher fremder Länder, würden in das fruchtbare Land einfallen und grausam herrschen, was dann später auch geschah. Semitische Stämme aus asiatischen Gebieten, deren genaue Volkszugehörigkeit nicht festzustellen war, gründeten die Stadt Avaris im Nildelta und unterwarfen die ortsansässigen Fürsten und machten sie zu ihren Vasallen. [1]

Doch davon ahnte Psame-ti noch nichts. Für ihn war die Welt intakt und vollkommen. Niemals würde es Menschen geben, die ein besseres Leben haben würden, als er und das ganze Volk unter dem Pharao, den Fürsten und Priestern. Und alle gemeinsam unter der neunköpfigen Götterfamilie, die sich unter dem großen Staatsgott Re gruppiert.

Heute hatte ihn sein Vater zum ersten Mal Sohn genannt. Bis Gestern rief man ihn noch Söhnchen, nur seine Mutter nannte ihn gelegentlich bei seinem Namen Psame-ti, wenn sie einmal nicht gut auf ihn zu sprechen war.

Heute war ein großer Tag für die Männer des Dorfes am Nil. Dreimal im Jahr machten sie sich auf die Reise in die wunderbare, leuchtende Metropole um die große Pyramide. Psame-ti hatte nur eine vage Vorstellung von der Herrlichkeit, der er in einigen Tagen ansichtig werden darf. Er kannte zwar die Schilderungen seines Vaters und seiner Onkel, aber es war dem Jungen nicht möglich, sich ein Bild von dem zu machen, was ihn da erwarten würde. Den Glanz des Sonnengottes Aton, den kannte er. Es war keinem Menschen möglich, direkt in die Herrlichkeit Atons zu blicken, ohne blind zu werden. Wie war es möglich Atons Glanz auf die Erde zu holen. Und dann, schon Stunden vor ihrer Ankunft erkannte Psame-ti das strahlend-blendende Licht Atons in der Ferne. Aufgeregt rannte er zu seinem Vater nach vorne, doch der beruhigte den Jungen sogleich:

»Keine Angst, Sohn. Atons Glanz wird deinen Augen nicht schaden, wenn wir in der Kornkammerstadt ankommen werden.«

Psame-tis Skepsis war damit aber trotzdem nicht völlig ausgeräumt. Psame-ti kennt nur das arbeitsreiche Dasein in ihrem Dorf und das Glück der geregelt-gleichförmigen Tagesabläufe. Nun würde er bald den Höhepunkt seines jungen Lebens erleben dürfen und als vollwertiger Mann und Mitglied des großen Pharaonenreiches ins Dorf zurückkehren.

———

Damit der Reichtum des Reiches und des ganzen Volkes nicht vollständig von den Ratten aufgefressen wird, schickt der Katzengott sein Volk ins Pharaonenreich, um die Rattenpopulationen in Schach zu halten. Verendet ein Tier, wird es ebenso wie ein Pharao oder ein wichtiger Beamter einbalsamiert, damit die Katze in der andern Welt die Kornfresser aus den jenseitigen Kornspeichern fernzuhalten vermag. Die heiligen Tiere werden in besonderen Katzengrüften beigesetzt, in Sakkara oder in Bubastis beispielsweise.

———

Für die einfachen Bauern, Handwerker, Fischer und Schiffsbesatzungen, die in einfachen Behausungen ihr Leben fristen, ist die Ankunft auf dem Plateau um die große Pyramide mit all den Tempeln, Kornkammern und Kasernen aus Stein der Eintritt in eine geradezu utopische Metropole. In den heiligen Arealen ist der Priesternachwuchs unermüdlich dabei, das dahergelaufene, gewöhnliche Volk auf den Pharao und die Götter des Reiches einzuschwören und zu belehren. Anhand der bunt bemalten Steinreliefs an den Tempeln, Säulen und Stelen werden dem gemeinen Volk die Heldentaten des Pharaos und dessen Feldzüge nahegebracht. Psame-ti lauschte mit offenem Mund, als könnte er so die wunderbaren Geschichten und Moritaten in vollen Zügen einsaugen. Den in Stein gemeißelten Tatsachen schenkte er seinen unbedingten Glauben. Denn was in Stein geschrieben steht, das müssen und können ja nur die Wahrheiten der großen Taten des Pharao und seiner Krieger sein.

Die Spy-Drohnen hatten wieder ganze Arbeit geleistet. Der Ort, an dem sich die teuflischen Besucher wohl aufhalten, war nun bekannt. Die fünfköpfige Aufklärungstruppe beschloss, sich diese Örtlichkeit einmal aus der Nähe anzusehen. Was ja nicht völlig ungewöhnlich war, waren sie ja schließlich und endlich dafür vom Himmel herabgestiegen.

»Wir sollten Kruzifixe mitnehmen«, gab Freddy Sharma zu bedenken.

»Wozu das denn«, fragten die Männer außer Dr. Müller, die Bescheid zu wissen schien.

»Dieses Satanszeug könnte zudringlich werden, aber ich habe irgendwann einmal gelesen, dass man sich mit einem Kreuz den Teufel ganz gut vom Halse halten kann.«

»Na, ich weiß nicht? Wie kommste denn auf so was?« Wer hat dir denn diesen Mist erzählt?«, meinten die Männer.

»Ich sagte doch, ich habe es gelesen. Da muss doch etwas dran sein. So was denkt sich doch niemand aus!« Buzzy sah seinen Piloten und Quasivorgesetzten mitleidig an. »Okay, Spaß beiseite. Wer wird schon behaupten wollen, dass sich der Teufel vor lauter Ehrfurcht und Schrecken ins Höschen macht oder gleich zu Staub zerfällt, wenn man ihm ein Kruzifix vor die Visage hält? Das ist doch reines Wunschdenken und Aberglaube. Das weiß doch jeder. Und glauben heißt nichts Genaues wissen.«

Erneut kommen einige Restbestände an Drohnen aus dem Uuntschschii Krieg zu Einsatz. Der größte Teil der Kampfdrohnen wurde nach dem Krieg demontiert, die Teile eingelagert. Zum Glück hatte es der Leiter der schiffseigenen Fabrik nicht besonders eilig damit. Damit stehen die Oktogonscheiben mit Gravitationsantrieb faktisch sofort zur Verfügung. Jeweils sechs der Kriegsdrohnen hatten sich zu flachen Einheiten zusammengekoppelt und boten damit einer Person Platz und Halt. Und Halt ist durchaus nötig, die Flugbewegungen waren rasant, und gelegentlich kann es schon mal zu abrupten Kursänderungen kommen. Unangeschnallt würden Passagiere dann ungebremst geradeaus weiterfliegen, unkontrolliert und irgendwohin.

Flach geduckt, die Nasen hinter den Visieren im Wind, flog die Truppe auf das erhöht liegende Felsental zu, das sich die teuflischen Fremden als ihren Stützpunkt ausgespäht hatten. Der befand sich weit draußen in der Unwirtlichkeit der nordafrikanischen Wüste. Schwer zugänglich und ziemlich sicher vor ungebetenen Besuchern. Bis jetzt. Noch schienen die Fremden recht sorglos und unbekümmert.

Freddy Sharma und sein Trupp sahen über einen Felsengrat hinweg in das Lager hinein. Gebäude aus Fertigbauteilen, wie es schien, ein Helikopter und mitten in dem Konglomerat aus Leichtbauhallen, Kettenfahrzeugen und dem erwähnten Flugapparat brannte ein riesiges Feuer. Und wieder war es das schon bekannte, teuflisch anmutende Wesen. Es gab offenbar nur dieses einzelne Exemplar. Das saß direkt am Feuer, fast schon in den Flammen und aß äußerlich nur leicht angeröstetes Fleisch, aus dem noch das Blut heraustropfte. Und es schien guter Dinge zu sein. Jedenfalls sah es danach aus, wenn man die Maßstäbe eines Hyänenrudels anlegt. Wobei man den Hyänen damit sicher Unrecht tat. Im Vergleich zu dem Monster da, sind die nämlich äußerst Liebe Tierchen.

Dr. Müller sah mit interessiertem Blick zu dem Fremden hinüber. Im flackernden Schein des Feuers sieht das Wesen noch unheimlicher aus. Lederne, dunkelschwarzrote Körperoberfläche, die an fließendes Lava erinnert.

»Das Ding einen Vulkanier zu nennen, der Begriff, den Sie für dieses Exemplar geprägt hatten, Oberleutnant, scheint gar nicht so weit hergeholt zu sein«, sprach Dr. Müller mehr zu sich selbst.

»Riechen Sie das auch? Es liegt ein schwacher Geruch von Schwefel in der Luft. Sehen Sie das, Frau Doktor, der Schwarzhäutige trägt eine Art Maske vor seinem Wolfsgesicht, aus dem sich vor seinen Nüstern oder Atemöffnungen ein gelblicher Nebel bildet«, stellte Buzzy lakonisch fest.

»Gut beobachtet, Oberleutnant. Diese Spezies benötigt offenbar Schwefel in der Atemluft. Das Bild nimmt langsam Formen an.«

Ohne erkennbaren Anlass wurde nun auch der Trupp ganz plötzlich vom Ende des Paradoxons und dem Verschmelzen der verschiedenen Zeitebenen überrascht. Die Überschneidungen von Sonnen- und Mondständen, von Tag und Nacht erzeugten in dem Lager nicht weniger Unruhe als überall im Pharaonenreich auch.

»Nun haben wir das Ereignis. Wir müssen uns jetzt auf alles gefasst machen, Leute!«, rief Sharma der Truppe zu.

Zu spüren war nichts, abgesehen von den originellen Lichteffekten, in Verbindung mit den seltsamen Sonnen- und Mondbewegungen. Der teuflische Invasor, der ja auch in seiner originären Zeit existierte und nichts von Schwarzen Löchern und Zeitparadoxen ahnte, blickte nur kurz auf. Ganz im Gegensatz zu den beiden rothäutigen Schweinegesichtern. Wie von der Tarantel gestochen sprangen sie auf, dabei fielen nun auch ihre lächerlichen, verkümmerten, lederartigen Flügelchen auf, mit denen sie aufgeregt schlugen, ohne jede Chance, damit auch tatsächlich abheben zu können. Was denn an sich schon kurios wäre. Relikte aus längst vergangenen Zeiten? Eines der roten Viecher fehlte beim Nachtessen. Wenn man die herumliegenden Fleischfetzen und Hautreste richtig interpretierte, waren die roten Wildschweine wohl nicht mehr als lebender Proviant.

Nun, mit dem Ende der Querungen und Überschneidungen von Raum und Zeit wurden sie unvermittelt auch für den Vulkanier sichtbar. Der sah völlig entspannt zu ihnen hoch und erhob sich. Kurz darauf kamen drei Grauhäutige, die direkt der Area 51 entsprungen zu sein schienen, aus einer der Baracken, bestiegen den Helikopter und flogen mit dem satanischen Besucher von dannen.

9

Da nun Admiral Ros mit seinem Flaggschiff in der allgemeinen, aktuellen Raumzeit angekommen war, musste Kommandantin Callahan ihre volle Aufmerksamkeit auf Ros, ihren alten unbelehrbaren Kontrahenten richten. Ros ist sicher nicht nur spaßeshalber in das irdische Sonnensystem eingeflogen. Und er hat die Lektion, sich nicht mit Callahan und der Spitfire anzulegen, immer noch nicht so richtig gelernt.

Er könnte einem fast leidtun, aber nur fast. Kaum dass beide Seiten den Gegner nicht mehr nur verschwommen visuell, sondern jetzt auch nach Masse und Energieabstrahlung orten konnten, ließ Ros augenblicklich auf den unbemannten Jagdzerstörer schießen. Der trudelte mit einem ausgefransten Loch im Rumpf unkontrolliert davon. Ros hatte ohne zu zögern die Kampfhandlungen wieder aufgenommen. Offenbar war er gar nicht an Verhandlungen interessiert und schien sich auch nicht darüber im Klaren zu sein, dass er sich auf einer völlig anderen Zeitebene befand.

Callahan und Ros, zwei Kontrahenten, die in einer fernen Zukunft geboren werden und in einer noch ferneren Zukunft bei ihren Völkern wieder der Vergessenheit anheimfallen werden. Kommandantin Callahan hatte da einen gewissen Wissensvorsprung. Admiral Ros dagegen weiß wahrscheinlich immer noch nicht, in was für eine Zeit er da hineingeraten war.

Callahan blieb bei hoher Geschwindigkeit auf Distanz zur Nahle. Dabei ging die Spitfire in einen Drehimpuls über und spuckte die Flotte der Jagdzerstörer einen nach dem anderen in Flugrichtung aus. Die kleinen Jäger waren so von Anfang an mit hoher Anfangsgeschwindigkeit draußen und damit kaum angreifbar. Im Grunde ging es nur darum, die Zerstörerflotte in Sicherheit zu wissen, falls die Spitfire getroffen werden sollte. Gegen Ros' schweren Kreuzer hätten die Zerstörer ohnehin nur im konzentrierten Verband eine Chance, nennenswerten Schaden an der Nahle anzurichten. Nur wenn sich alle Waffen im freien Raum befanden, war das Kräfteverhältnis in etwa ausgeglichen. Einmal von dem legendären Kamikazeangriff von Sharma und Buzzy gegen die Nahle im Uuntschschii-System abgesehen. Für Ros damals folgenlos, aber von der erschütternden Erkenntnis getragen, dass Stärke und Größe allein nicht automatisch zum Erfolg führt. Buzzy jedenfalls hatte dabei seinen Spaß gehabt und erzählte die Anekdote heute noch jedem, der sie hören möchte oder auch nicht.

Die beiden großen Fernraumschiffe belauern sich weiterhin auf Ortungsdistanz, aber immer noch innerhalb der erweiterten Schussdistanz. K3, der Flight Commander und Quantenhirn der Spitfire, hält darum auch den partiellen Abwehrschirm gegen die Nahle im Sparmodus aufrecht. Ein potenzieller Treffer würde mit annähender Lichtgeschwindigkeit auftreffen und ist schon daher kaum vorhersehbar. Im Falle eines direkten Treffers auf den Schirm, wandelt der Teile der auftreffenden Energie um und führt dessen Ausbeute wiederum dem schiffseigenen Energiemanagement zu. Aber je energiereicher und konzentrischer der Beschuss ausfällt, desto größer die Gefahr, dass der Energiestrahl auf die Außenpanzerung aus hochfestem Ho-Cifa-Ho-Stahl trifft und diesen durchschlagen könnte. Angriffe mit Kriegsschiffen und deren Verteidigung in Kampfeinsätzen benötigen hochkomplexe Managementstrukturen und höchstqualifiziertes Personal, was mit Hellebardenträgern und Schwertkämpfern so gar nichts mehr gemein hat.

Aus der der Spitfire abgewandten Seite entlässt die Nahle eines ihrer Beiboote oder besser gesagt, eines ihrer Kanonenboote. Eigentlich ein schweres, flugfähiges Schiffsgeschütz. Das Kanonenboot entfernt sich gradlinig von der Nahle weg und verschwindet unbemerkt im Ortungsschatten seines Mutterschiffes.

Zack, der Bordrechner von Sharmas und Buzzys Jagdzerstörer, meldet sich bei seinen beiden Offizieren:

»Eines der bauartlich bekannten Kanonenboote der Nahle ist im Anflug, Sir.«

»Keine gute Nachricht. Auch wenn viel Feind, viel Ehr bedeutet«, konstatierte Buzzy nüchtern, schien sich aber trotzdem irgendwie darüber zu freuen.

»Du hast wohl zu jeder Negativnachricht einen lockeren Spruch auf der Pfanne, John?«

Buzzy ging nicht auf Freddys Beiläufigkeit ein, sagte stattdessen:

»Wir haben genug gesehen, lass uns zum Tempelbezirk zurückkehren«, und gab dann noch nebenbei einige

Strahlenschüsse vor die Klauen der zurückgebliebenen roten Schweinehässlichkeiten ab. »Ich meine es nur gut mit den Tierchen. Die freuen sich über jedes bisschen Wärme, die von Herzen kommt.«

»Los, lass uns verschwinden. Das Kanonenboot wird vermutlich die Pyramide als Bezugspunkt ansteuern«, rief Sharma den Leuten unnötigerweise zu. Die »Leute« bestiegen längst die verkoppelten Drohnen und schnallten sich an. Es könnte ungemütlich werden.

Das Kanonenboot befand sich bereits im Anflug in der oberen Atmosphäre. Für die drei Zerstörer keine befriedigende Situation für eine Konfrontation mit dem schweren Geschütz. Man musste den Tempelbezirk im Auge behalten und versuchen, den Gegner in Richtung nordafrikanische Wüste oder über offenes Meer abzudrängen. Und natürlich musste man darauf achten, sich keinen Zufallstreffer einzuhandeln. Die drei Zerstörer umkreisten das Kanonenboot in respektablem Abstand, immer darauf bedacht, nicht in den Schussbereich der überdimensionierten Protonenstrahlwaffe zu geraten.

Das Kunststück, den Gegner Richtung Westen zu lotsen, schien zu glücken. Doch da feuerten die Kono einen ersten Schuss ab. Der Schusskanal ging beängstigend knapp an einem der Zerstörer vorbei und pulverisierte ausgerechnet eine der beiden Sphinxen, die seit kaum noch nachvollziehbaren Urzeiten die Heiligtümer eines früheren Königreiches bewacht hatten. Der zweiten Sphinx wurde bei dieser Gelegenheit auch gleich die steinerne Löwenschnauze wegrasiert.

Für die Menschen im weiteren Umkreis der zerstörten Wächterfigur brach für einen langen Augenblick die Hölle los. Nachdem sich die aufgewirbelten Erd- und Staubmassen wieder gelegt hatten, wurde das Ausmaß des verirrten Protonenstrahlschusses offensichtlich. Auf den ersten Blick gab es keine Überlebenden. Wenn man es einmal genau betrachtet, könnten hier die Kono unter Umständen ihre direkten Vorfahren umgebracht haben.

Die Zerstörer nahmen daraufhin das Kanonenboot unter konzentrisches Feuer und schafften es tatsächlich, das Boot von den heiligen Bezirken abzudrängen. Weg vom Nil, der Lebensader des Reiches. Es war ja auch immer noch nicht völlig sicher, ob ein Eingriff in die Gegebenheiten früherer Kulturen den weiteren Verlauf der irdischen Geschichte beeinflussen könnte.

MÄDCHENDIEBE

10

Während die Zerstörer mit der fliegenden Kanone über der Wüste Katz und Mäuse spielten, haben sich unbemerkt zwei weitere Kanonenboote im Tiefflug dem südlichen Reich genähert. Irgendwo, zwischen Edfu und Kom Ombo, gingen die Boote unbemerkt zwischen Felsen in Deckung. Dann fuhren die Besatzungen alles an verräterischen Energieemissionen herunter, was irgendwie geortet werden könnte.

Aran Ros hatte nicht vor, die Kampfhandlungen mit diesen verfluchten Menschen und der Spitfire erneut aufzunehmen, jedenfalls nicht mehr als notwendig. Nicht zuletzt, weil ihm nach dem Verlust seiner ehemals mächtigen Kriegsflotte und zuletzt des letzten verbliebenen Begleitschiffes, der Yarb Solak, nur mehr sein Flaggschiff geblieben war.

Offenbar hatte in Aran Ros ein Umdenken mit neuen Gewichtungen eingesetzt. Dass er sich mit seiner Mannschaft nicht mehr auf Perias, ihrer Heimatwelt, wird blicken lassen können, ist das eine. Dass er und seine durchweg männliche Besatzung altern und irgendwann nach und nach sterben werden, ist das andere. Aran Ros hatte lange und gründlich nachgedacht und sich dann zum Ziel gesetzt, dieses unrühmliche Aussterben und Ende nicht einfach so hinzunehmen.

Sein stolzes Schiff würde mit der toten Besatzung an Bord durch die Unendlichkeiten fallen. Vielleicht nach

Jahrmilliarden gnädig in einer Sonne verglühen oder in einen Himmelskörper, der zufällig den Fall der Nahle kreuzte, einschlagen.

Aran Ros hatte einen Plan. Zumal er auch nicht so recht verstand, was für einer Macht er es zu verdanken hatte, dass er mit seinem Raumschiff ganz offensichtlich in der irdischen Vergangenheit angekommen war. Einfach ausgedrückt, Ros hatte keine Ahnung, wann er sich befand. Und zu allem Überfluss überkamen ihn nun auch noch diese ungewohnten Existenzängste.

Mit seinen machtpolitischen Allüren steht er vor dem Nichts. Das irdische Sonnensystem oder Teile davon unter seine Kontrolle zu bringen hatte sich nicht einmal im Ansatz erfüllt. Nicht einmal auf der heillos unterlegenen Uuntschschii-Welt war es ihm gelungen, Fuß zu fassen. Und zu allem Überfluss stieß er auch hier schon wieder auf dieses verhasste Kriegsschiff der Menschen. Es war wie zum Verrücktwerden.

Ros hatte den Entschluss gefasst, sich zum freundlichen Opi zu wandeln und irgendwo zu siedeln, wo noch nie ein Kono oder ein Mensch je seinen Fuß hingesetzt hatte. Was noch fehlt, sind Frauen und ein freundlicher Planet, auf den noch niemand Anspruch erhoben hat. Ros strebt allen Ernstes eine bäuerliche Karriere in irgendeiner interstellaren Pampa an.

Psame-ti lag heulend unter einem Haufen durcheinandergewirbelter Leichen der Männer seines Dorfes und anderer Dörfer. Niemand hatte ihn je darauf vorbereitet, wie grausam und tödlich der Hass der Götter über die

Menschen kommen kann. Psame-ti blinzelte im Lichte Atons, Tränen liefen ihm über das staubige Gesicht. Drei fremde Götter traten vor ihn hin. Voller Furcht starrte er auf die olivbraunfarbigen Gestalten, die auf ihn herabsahen. Ihre Gesichter waren zwar menschlich und blickten aus leeren Kürbissen heraus, aber was bedeutete das schon. Fallen doch immer wieder fremde Könige in das Reich des Pharao ein, um zu stehlen und zu plündern. Psame-ti krümmte sich unweigerlich zusammen und rief wimmernd nach seiner Mutter. Die wird ihm in diesen schrecklichen Augenblicken nicht helfen können.

Eine der unheimlichen Gestalten bückte sich zu ihm herunter und legte ihm ihre Hand auf den Arm. Psame-ti erstarrte unter dieser Geste. Das menschliche Gesicht hinter der Kürbisöffnung sprach mit der Stimme einer Frau Worte, die für Psame-ti keinerlei Bedeutung hatten. Eine zweite Stimme, die aus der Kleidung des Wesens zu kommen schien, sagte:

»Hab keine Angst, wir werden dir nicht schaden. Wie ist dein Name?«

Psame-ti sagte »Psame-ti« und wäre jetzt lieber sonst wo, nur nicht an diesem Ort.

Dr. Müller hatte eine medizinische Haftfolie in ihre Handfläche gelegt und legte ihre Hand dann in einer milden Geste auf den Arm des Jungen. Damit verabreichte sie Psame-ti ein Kontaktmedikament, das sehr schnell beruhigend auf den Jungen wirkte.

Jack Brown und Wess Hunter kamen kurz nacheinander von ihren Erkundungsgängen zurück und schüttelten die Köpfe. Anscheinend hatten sie keine weiteren Überlebenden des Fehlschusses der Kanonenboot-Besatzung auffinden können. Psame-ti war offenbar der einzige Überlebende der Katastrophe. Dem Desaster war Psame-ti nur dadurch entkommen, weil er sich in einer Baugrube unter breiten Mauern gerade erleichterte, als ein blendend heller Blitz aus heiterem Himmel niederfuhr. Dann schlugen auch schon Staub, Geröll und tote Leiber über ihm zusammen. Psame-ti war wie gelähmt, unfähig sich zu bewegen. Und als er sich dann endlich freimachte aus dem Durcheinander, standen diese merkwürdigen Wesen über ihm.

Psame-ti sah fasziniert auf das Blatt, auf die grünglänzende Folie auf seinem Arm, welches sich nicht abschütteln lies. Es war voller fremdartiger Zeichen und Hieroglyphen, und Psame-ti hatte plötzlich so gar keine Angst mehr. Die seltsame Göttin lächelte ihn an, nahm ihn bei der Hand und führte ihn zu einer flachen, olivgraufarbigen Stelle. Dort gab es noch weitere Stellen von genau der gleichen Art; und die anderen Wesen setzten sich jedes in die Mitte einer Stelle und banden Gürtel um sich.

Dr. Müller drückte Psame-ti sanft nach unten, bis er mit ausgestreckten Beinen auf einer der zusammengekoppelten Drohnen zum sitzen kam. Sie setzte sich hinter ihn und schnallte sich und Psame-ti mit Gurten auf der Drohnenplattform fest.

»Wo ist dein Zuhause, Psame-ti?«

Psame-ti deutete nach Süden.

Die Drohnen Kolonne rauscht knapp über dem Erdboden nach Süden. Psame-ti hatte ja die Richtung deutlich vorgegeben. Der sitzt vor Dr. Müller auf der Oberfläche des Drohnenvehikels und scheint den Flug zu genießen. Das verabreichte Medikament tat seine Wirkung. Man hatte ihm eine Schutzbrille gegen die unzähligen Insekten und den aufgewirbelten Staub und Erdklumpen aufgesetzt. [2]

Es zeigte sich jetzt, dass Dr. Müller trotz ihrer professionellen Weitsicht wohl doch ein wenig überdosiert hatte. Der junge Fellache verdrehte seinen Hals und bleckte seine Zähne in Richtung der Ärztin. Offenbar verschaffte ihm die ungewohnte Medikamentengabe eine Art Kick, ein leichtes Rauschempfinden. Psame-ti ging es gerade richtig gut.

Die drei Tagesmärsche, die die Bauern zuvor noch aufwenden mussten, um ihr Korn in die Speicherstadt zu transportieren, waren auf den Drohnen gerade mal in knapp zwanzig Minuten bewältigt.

Psame-ti deutete aufgeregt nach vorne auf eine Ansammlung von Hütten, die sich verstreut aus den weitläufigen Feldern erhoben. Sein Dorf, seine Verwandten. Im Augenblick schien er sich noch gar keine Gedanken darüber zu machen, dass er den Familien den Tod der Männer würde verkünden müssen, die vier Tage zuvor mit ihm das Dorf verlassen hatten. Menschen liefen zusammen, alte und junge. Seine Schwestern und die anderen Mädchen seines Alters konnte er nirgendwo entdecken. Dazu kam jetzt auch noch, dass das Medikament langsam in seiner Wirksamkeit nachließ. Psame-ti wurde unvermittelt ernst.

»Wo sind meine Schwestern Nebti und Neth?«, fragte er seine Mutter und die Nachbarn, die sich neugierig um ihn und die Fremden versammelt hatten.

Nicht nur Psame-ti musste dann erfahren, dass seine Schwestern und andere Mädchen des Dorfes entführt worden waren. Freddy Sharma, John Buzzy und die anderen machten sich ob dieser Nachricht erst mal keine Köpfe. Was wussten sie schon von den Heiratsbräuchen oder wie sonst junge Paare hier im Paradies am Nil zueinanderfanden? Irgendwie mussten die Gene ja schließlich durchgemischt werden. Freddy Sharma richtete trotzdem eine Anfrage an Zack, den Bordrechner, der sich mit ihrem Jagdzerstörer im Orbit befand.

»Es gab in dem Gebiet, in dem ihr euch gerade aufhaltet, einige schwache Energieemissionen, die keinesfalls in diese natürliche Umgebung passen«, meldete Zack dienstbeflissen.

Sharma blickte nach Erhalt der Neuigkeiten von Zack auf und in die Runde.

»Jemand oder etwas, das keinesfalls hierhergehört, hält sich in dieser Gegend auf. Ich denke, das könnte etwas mit dem Verschwinden der jungen Frauen zu tun haben.« Sharma blickte sich unter den Leuten um. »Wir werden jetzt untersuchen, wer für diese mysteriösen Energieabstrahlungen verantwortlich ist. Wir schwärmen aus und suchen die weitere Umgebung radial ab. Seid umsichtig Leute, es kann sich eigentlich nur um Konotruppen handeln, die hier verdeckt operieren. Viel Glück, Leute!«

Sharma begann noch im Laufen Kommandantin Callahan zu informieren. Die Drohnen schwärmten in alle Richtungen davon, und Dr. Müller winkte Psame-ti heran.

»Wir werden uns auf die Suche nach deinen Schwestern machen. Du kommst mit uns.«

Psame-ti hatte noch immer die Schutzbrille auf, auf die er ungeheuer stolz zu sein schien. Eilig schwang er sich auf das, was er inzwischen als seinen Platz ansah. Geschickt steuerte Dr. Julie Müller die Drohnenplattform mit ihrem Hintern, ganz einfach durch Gewichtsverlagerung, und die Drohnen folgten ihr brav wie ein Hündchen ihrem Frauchen. Psame-ti starrte angestrengt nach vorne. An die rasanten Flugbewegungen hatte er sich längst gewöhnt, so wie's aussah. Dr. Müller konnte es nicht direkt sehen, aber Psame-ti hatte jetzt etwas Verwegenes in seinem Gesichtsausdruck.

Sharma erhielt inzwischen von Zack genauere Ortsangaben, über ihr Zielgebiet. Und natürlich hörten die anderen und die Drohnen zeitgleich mit. Wie auf Kommando schwenkten die Plattformen in Richtung einer Bergkette ein. Den unbekannten Mädchenentführern, mit ziemlicher Sicherheit Kono, die ja mit den Urfellachen genetisch verwandt waren, wird das Herannahen der Kämpfer der Spitfire kaum verborgen geblieben sein. Davon musste man jedenfalls ausgehen. Dementsprechend vorsichtig und sensibilisiert näherte sich der Trupp an.

Psame-ti sah noch vor Dr. Müller etwas aufblitzen und duckte sich instinktiv nach vorn. Die Strahlen des Gottes Aton musste man fürchten, diese Lektion hatte der Junge hinlänglich gelernt. Ihre Plattform folgte der Bewegung Psame-tis augenblicklich und ging auf Tauchstation. Im selben Moment blendete für den winzigen Bruchteil einer Sekunde der Schusskanal eines Handstrahlers über ihnen auf. Psame-ti hatte sicher nur einen Lichtreflex bemerkt.

»Gut gemacht, Psame-ti«, sagte die Ärztin trotz besseren Wissens. »Das hätte auch ins Auge gehen können«.

Mit einem lauten Knall knallte die verdrängte Luft zugleich mit ihren Worten in das entstandene Vakuum zurück. Damit waren Psame-ti die lobenden Worte völlig entgangen. Was an sich nichts ausmachte, denn der Junge hielt sich ohnehin die Ohren zu. Die Energie des Schusses verpuffte wirkungslos in der Ferne.

Für einen kurzen Moment herrschte eine fast unangenehme Stille. Dann, fast wie auf ein geheimes Kommando hin, brach das Strahlengewitter der Handfeuerwaffen beider Seiten los. Die Drohnen flogen zickzack, um kein Ziel zu bieten, und nahmen dabei jede nur denkbare Deckung in Anspruch. Nahe genug an die gegnerische Stellung herangekommen, schälten sich die Leute aus ihren Gurten heraus. Sharma setzte beiläufig, während er eine Deckung suchte, eine Meldung an Callahan ab. Callahan fackelte daraufhin nicht lange und beorderte drei Jagdzerstörer über das Einsatzgebiet, um notfalls direkt eingreifen zu können oder anfliegende Kanonenboote abzuwehren. Inzwischen wusste man es ja, dass Ros nicht zögert, auch auf die eigenen Leute feuern zu lassen, wenn es seinen Plänen irgendwie dienlich ist.

Die Kämpfer der Spitfire arbeiteten sich an die Gegner heran. Psame-ti hielt sich dicht bei Dr. Müller, die er wohl inzwischen für seine persönliche Hausgöttin hielt. Über ihre Köpfe blitzten Protonenschüsse hinweg. Psame-ti, in seinem jugendlichen Leichtsinn, musste wiederholt von Julie in Deckung gezogen werden. Als dann ein wahres Strahlengewitter losbrach und direkt vor ihm ein Felsstück geradezu explodierte, begriff Psame-ti endlich, dass Atons Strahlen aus den Händen der Götter nicht ganz ungefährlich waren. Er kauerte er sich leise wimmernd hinter Dr. Müller zusammen. Zu eindringlich drangen erneut die Erinnerungen an die Ereignisse um die große Pyramide wieder in sein Bewusstsein.

Für Psame-ti war nun ganz eindeutig das Ende der Welt gekommen. Daran konnte kein Zweifel bestehen. Die bösen Mächte hatten die Herrschaft über die Welt übernommen. Die Götter des Reiches und seines Dorfes konnten offenbar nichts mehr gegen das Böse ausrichten. Psame-ti dachte an Vater und Mutter, an seine Schwestern und die Alten in der jenseitigen Welt. Nie mehr würde es so sein, wie in den glücklichen Tagen im Dorf am großen Fluss.

Julie machte sich keine Gedanken darüber, was in dem Jungen so vorging. Sie drückte mit der linken Hand mühelos und mit der Kraft eines Avatars, der sie ja nun einmal war, den zitternden Jungen in die flache Erdkuhle. Mit ihrer Rechten feuerte sie mit ihrem Handstrahler auf die Gegner. Über ihren Köpfen fauchten donnernd Strahlen hinweg. Die heiser pfeifende Geräuschkulisse erinnerte etwas an die sogenannten Stalinorgeln aus dem zwanzigsten Jahrhundert, die ihre Raketenbatterien dutzendfach innerhalb weniger Sekunden entleerten. Das Donnern der Luftmassen, die in die Schusskanäle hineinkrachten, wollte nicht nachlassen.

Aus ihren Augenwinkeln heraus sah Julie, wie Jack Brown voll getroffen wurde. In einer Funkenkaskade wurden seine Kampfkombi, die Außenhaut und die darunterliegenden Kunststoffteile und Verkabelungen geradezu von seinen Stahlkörperteilen und dem Skelettapparat weggefegt.

Jack Browns Skelett gab noch einen letzten Schuss auf seine direkten Gegner ab, dann fiel er wie ein gewöhnlicher, humanoider Arbeitsroboter nach hinten und rührte sich nicht mehr. Über sein Stahlskelett aus hochwertigem Ho-Cifa-Ho-Stahl tanzten noch einige Sekunden lang irrlichternd elektrische Spannungsbögen, dann lag er ruhig da. Eine der Drohnen, die ihm am nächsten war, arbeitete sich auf Jack Browns Avatar vor, um die Genkapsel und damit Jacks genetischen Code und seinen Erinnerungspool zu bergen.

Derweil ging die Ballerei unvermindert weiter.

Psame-ti ging das jetzt aber alles nichts mehr an. Er hatte beschlossen, zusammengerollt in seiner Senke und dicht an Mutter Erde liegend auszuharren. Wer war er schon, dass er sich in den Krieg der Götter einzumischen hatte. Es war ja ohnehin nichts mehr von Bedeutung, wenn das Reich und die ganze Welt in Brüche gingen. Wie zur Bestätigung wurde es Psame-ti plötzlich ganz warm ums Herz, als ein verirrter Schuss knapp über ihm seine Bahn durch die Atmosphäre schnitt. Doch dann hielt er es doch nicht mehr länger aus. Psame-ti sprang auf und kniete sich in die Richtung, in der er die große Pyramide vermutete, hin, um all die Götter, die ihm geläufig waren, anzurufen: Amun-Re, Tefnut, Seth, Horus,

Nephthys und Osiris…. Das musste genügen. Sowieso konnte wohl niemand die vermutlich zweitausend Haupt-, Neben- und Dorfgötter allesamt aufzählen.

Julie, die ab dem Augenblick, als Jack gefallen war, so richtig sauer war, drückte Psame-ti erneut in die Kuhle und schrie ihn an, er solle verdammt noch mal gefälligst unten bleiben. Dann stürmte sie mit den anderen und den verbliebenen Drohnen zusammen vor. Psame-ti wusste nicht, was er von Julie zu halten hatte. Was für eine Göttin ist die denn? Vielleicht war es besser, ihr zu gehorchen, um nicht einen noch größeren Zorn der Götter heraufzubeschwören.

Geduckt rannten die Männer und eine wütende Frau auf die Stellung der Kono zu. Unablässig zuckten die Bahnen der Strahlenschüsse hin und her. Die Kampfkombis der Leute sahen dementsprechend aus. Angesengt und angekokelt durchbrachen sie die Reihen der Verteidiger. Was dann aber schon ein wenig enttäuschend war: Drei Hanseln, die nicht den Eindruck von regulären Soldaten vermittelten, hoben die Hände. Sharma musste die Frau Doktor zurückhalten, die aufgebracht den Nächststehenden ins Visier nahm. Sie hatte den Finger am Druckpunkt, gleich würde sich ein Kono in Rauch und Wohlgefallen auflösen. So hatte Sharma die Ärztin noch nie erlebt.

»Du hast es wohl noch gar nicht bemerkt«, sagte Buzzy zu seinem Freund und Zerstörerkommandanten. »Sieh dich doch mal um, was fällt dir auf?

»…?«

»Die haben den Freund und Partner unserer Julie abgeknallt!«

»Jack?«

»Wen sonst, wie viele Freunde hat denn die Frau Doktor?«

»… Scheiße!«

»Genau. Ich könnte es sogar verstehen, wenn ihr jetzt sämtliche Gäule durchgehen und sie die Kerle der Reihe nach abknallen würde.«

»Nein, tun sie das nicht!«, rief Freddy Sharma.

Julie ließ die Waffe aber schon wieder sinken. Die Ärztin in ihr gewann wieder die Oberhand. Widerwillig zwar, aber immerhin. So siegte mal wieder das Gute über das Böse und den Hass in unserer Welt. Was nicht immer ganz leicht ist, wie man ja weiß.

11

Nachdem der Kampfeslärm abrupt geendet hatte, drang in die entstandene, angespannte Ruhe vernehmlich das Jammern und Schluchzen der jungen Frauen und Mädchen an ihre Ohren, die die Kono aus ihren Dörfern entführt hatten.

»Also doch!«, rief Buzzy und ging hin an den Ort des Jammerns und Klagens.

Hinter einer Felswand, in einer Art Pferch, hockten oder lagen die Mädchen auf dem sandigen Boden. Einige von ihnen waren schon mehr oder weniger apathisch und schicksalsergeben. Die Renitenteren unter ihnen waren zum Teil gefesselt oder geknebelt.

»Psame-ti!«, schrie Julie im Befehlston über ihre Schulter nach hinten. »Komm her, aber schnell.«

Dr. Müller hatte offenbar nicht vor, sich jetzt schon wieder zu beruhigen. Immer noch vom Hass geleitet, blickte sie in die unsteten Gesichter der Kono. Hier und außerhalb ihres Kriegsschiffes, unter dem Blick einer wütenden Teilzeitsoldatin, fühlten sich die Aufpasser, Lageristen, Köche oder was auch immer das für Leute waren, sichtlich unwohl.

»Wenn das hier vorbei ist, sollten wir schnellstens wieder zurück in die Zukunft reisen, damit unsere Frau Doktor ihren Jack zurückerhält«, mutmaßte Sharma. »Sonst werden nicht nur unsere Gefangenen zu leiden haben.«

»Nebti, Neth!«, rief Psame-ti, als er seine Schwestern erblickte.

Für die anderen Mädchen hatte Psame-ti in diesem Moment keine Augen. Er war sichtlich glücklich darüber, dass er nach dem Tod seines Vaters und der Onkel wenigstens seine Schwestern wiedergefunden hatte. Hier waren die Frauen dieser Weltregion noch gleichgestellt, mit allen Rechten und Pflichten der Menschen jener Epoche. Psame-ti zurrte ohne Plan an den Fesseln seiner Schwestern herum, bis ihn Julie zur Seite schob. Mit ihrem historischen Schweizermesser aus dem einundzwanzigsten Jahrhundert schnitt sie ganz locker die Plastikbänder durch.

»Das Gerät ist zwar schon uralt«, dozierte Dr. Müller, »aber es funktioniert seit jeher, ohne Strom und rein händisch, gell. Wir bringen euch jetzt zu eurem Dorf zurück«, kündigte Julie dann anstelle von Sharma an, der eigentlich das Sagen haben sollte.

Sharma nickte Julies Ansage dann nur noch ab. Immerhin stand sie im Offiziersrang über ihm. Da kann man schon mal beide Augen zudrücken.

Die Karawane setzte sich in Bewegung. Mädchen von weiter her wurden mit den Drohnen abtransportiert, was nicht ganz ohne erneutes Jammern und Zetern ablief. Aber Psame-ti wusste die Mädchen auf den Plattformen schnell zu beruhigen. Die Gurte wurden ihnen ja schließlich nur zu ihrer Sicherheit angelegt.

12

Nach der Verteilungsaktion brach man zur Spitfire auf, mit den drei Gefangenen im Schlepp. Kommandantin Callahan nahm die drei Kono kurz in Augenschein, winkte dann aber nur ab. Von Köchen und Kabelträgern waren so oder so keine Aussagen zu aktuellen Planungsvorhaben zu erwarten, nicht zu strategischen noch zu administrativen. Was die Männer zu berichten hatten, das konnte kaum von Wert sein. Personalien aufnehmen und die Leute zu ihren Tätigkeiten befragen, das können auch nachrangige Jungoffiziere abarbeiten.

Von Interesse war danach auch nur, dass die Kono 126 junge Frauen gekidnappt und auf die Nahle gebracht hatten. Das konnte eigentlich nur eines bedeuten: Admiral Ros, der sich mit seinen Männern eh nicht mehr auf seinem Heimatplaneten Perias wird blicken lassen können, musste sich etwas einfallen lassen. Zumal er und seine Navigatoren ziemlich unwissend darüber waren, wann und wo Perias überhaupt zu finden sein könnte. Das heißt, die Kono hatten keinen blassen Schimmer, wo sie sich eigentlich befanden. Und im Grunde war es ja auch egal, wenn man sich Zuhause eh nicht mehr blicken lassen kann.

Die Besatzung der Spitfire hatte es da schon einfacher. Man besaß genügend Bezugspunkte. Das Wann war ziemlich genau geklärt und das Wo befand sich ja direkt unter ihnen. Man musste also nicht besonders spekulieren, dass Ros einen netten Planeten suchen will, um dort eine neue menschliche beziehungsweise konoische Kolonie zu gründen. Seiner Art entsprechend, wird er sich dann dort als Großkönig oder so zur Ruhe setzen.

Was also tun? Mit Ros ins Gespräch zu kommen, das hatte ja schon in der Vergangenheit nicht funktioniert. An diesem Punkt angelangt, meldete sich das Schiffsgehirn der Spitfire, Commander K3, in Callahans Gedankengänge hinein:

»Die Nahle hat ihre Kanonenboote wieder an Bord genommen und die Ferntriebwerke wurden soeben aktiviert und hochgefahren«.

Admiral Ros lagen ja mit Sicherheit längst die Information vom Auffliegen der Mädchenrekrutierungsaktion vor. Ros hält nun tatsächlich nichts mehr im Sonnensystem. Die Nahle machte sich mit Standartbeschleunigung aus dem Staube. Sie zu verfolgen könnte unabsehbare Folgen für die Spitfire mit sich bringen. Wer hätte gedacht, dass die Fehde mit Ros so unspektakulär enden würde?

13

Buzzy, Sharma und Wess Hunter hatten sich nach dem Ende des Einsatzes in der Messe der Spitfire zusammengefunden. Die Messe der Spitfire hatte nicht die übliche Funktion einer Kantine, weil sich die gesamte Besatzung aus Avataren rekrutierte und zusammensetzte, was auf Langstreckenflügen durchaus üblich war.

Dr. Müller, die ja ebenfalls dem Team angehört hatte, kam dann auch noch dazu. Sie hatte sich um Jack Browns Genkapsel gesorgt, und diese sich dann aushändigen lassen. Julie wollte sichergehen, dass Jacks Gen- und Erinnerungspool nicht durch irgendeinen dummen Zufall verlorengehen könnte. Sie trug den winzigen Daten- und Gentresor an einer Kette unter ihrer Bluse. Julie zog die Kette mit Jacks Genkapsel bei ihrem Eintreffen hervor, um sie ihren temporären Gefechtskameraden zu zeigen.

»Jacks Mörder sind in Haft, und mir bleibt nichts, außer seine Kapsel sicher zurückzubringen, wann immer das auch sein mag«, sagte sie durchaus mit Zuversicht.

Über die Jahre, in denen sie der Besatzung der Spitfire angehörten, hatten die drei immer wieder mal mit der Ärztin in gemeinsamen Einsätzen zusammengearbeitet oder waren schon zuvor befreundet gewesen. Das verband die Krieger mit ihr. Ihre Stimmung war dementsprechend gedrückt.

»Ich glaube nicht, dass wir uns lange entspannt werden zurücklehnen können«, bringt Buzzy ins Gespräch.

»Dieser seltsam teuflisch anmutende Eindringling treibt ja immer noch sein Unwesen auf der Erde. Man wird sich darum kümmern müssen. So viel steht wohl fest.«

»So wird's auch kommen.«

»Das denke ich auch.«

»Scheint so.«

Die vier waren einer Meinung.

DER SATANISCHE INVASOR

14

Mit dem Durchgang des heimatlosen Schwarzen Lochs waren nicht wenige Sternensysteme aus ihren Bahnen gerissen worden. Andere wurden durcheinandergewirbelt, was sich als äußerst desaströs auf den Planeten Haden ausgewirkt hatte. Dessen Sonne bewegte sich nach dieser Zäsur auf direktem Weg in Richtung Zentrum der Sterneninsel Milchstraße zu. Das wäre an und für sich nicht das drängendste Problem für die, ihrer Anzahl nach, nur wenige Hundert zählenden Bewohnern von Haden. Ihr Planetensystem geriet jedoch so grundlegend durcheinander, dass der sonnennahe Haden auf eine entferntere Umlaufbahn nach außen wanderte. Es wurde eisig kalt. Die Bewohner von Haden, eigensinnige Individualisten, um es einmal freundlich zu formulieren, retteten sich in das Innere ihrer aufgeheizten hochaktiven Welt. In den unterirdischen Magmakanälen wurde es eng.

Die Sataner, wie sie sich nannten, trafen immer öfter aufeinander. Nicht ganz unproblematisch bei einer Rasse, wo jeder jeden anderen abgrundtief hasste. Außer in der Paarungszeit, also ungefähr so alle dreißig bis achtzig Jahre mal!? So genau lässt sich das nie voraussagen. Nun ja, nur so viel: Es hängt unter anderem direkt mit den Planetenkonstellationen und der Sonnenaktivität zusammen. Also irgendwann, während der Paarungszeit, nähern sich Sataner zwar hasserfüllt, aber ohne sofort und gleich übereinander herzufallen einander an. Man kann sich also schon daher vorstellen, dass die Individuen in eine Art Ausrottungsrausch untereinander verfielen, als sich die klimatischen Verhältnisse ihrer Welt von mollig heiß hin zu einer tödlichen Eiswelt wandelte.

Einer, der sich selbst Luzifer nannte, hatte sich gerade noch in einen aktiven Vulkankrater retten können, bevor die gelben Schwefelschwaden in der Atmosphäre kristallisierten und zu Boden regneten. Ein dauerhaftes Überleben wurde für die Sataner unter diesen Umständen auf der Oberfläche des Planeten faktisch unmöglich.

Aber etwas irritierte Luzifer. Er blickte hoch. Ein großes, schwarzes zylinderförmiges Ding erschien fast direkt über ihm und fiel gleichzeitig mit seinem Erscheinen zu Boden, das heißt auf die gegenüberliegende Seite des Kraterrandes. Da lag es nun … Luzifer, der noch nie in seinem Leben einen technischen Gegenstand gesehen hatte, starrte den riesigen Zylinder an, der so plötzlich vor ihm heruntergekracht war. Aufgeregt entfaltete er seine lederartigen Flügel und flatterte darauf zu. Obwohl der Gegenstand gerade erst vom Himmel gefallen war, sah er glänzend und makellos intakt aus, soweit Luzifer das überhaupt beurteilen konnte. Als Luzifer direkt davor niederging, nahm der Gegenstand sein gesamtes Blickfeld ein. Das Ding war wirklich riesig. Was bei allen Teufeln war das?

Aus dem Inneren dieses Dinges konnte Luzifer mentale Schwingungen empfangen und verstehen. In dem Ding herrschte Panik, achtzehnfache Panik. Das was da lag, war ein Raumschiff aus einer anderen Welt. Luzifer hatte keine Ahnung, was ein Raumschiff und was eine andere Welt war!?

Gedanken und mentale Stimmungen zu erspüren ist für Luzifer so einfach wie atmen oder Etodenböcke zu jagen und zu fressen. Mit dieser Fähigkeit kann er rechtzeitig andere seiner Art erspüren und ausweichen, wenn ihm danach ist. Außerdem ist diese Fähigkeit in der Paarungszeit von äußerster Wichtigkeit. Für ihn! Wenn die Stimmung am kippen ist, muss er sich schnellsten davonmachen. Man kennt dieses Verhalten ja auch von bestimmten Insektenarten. Außerhalb der Paarungszeit kann er mit diesen Fähigkeiten Artgenossen abschätzen: Ist der andere von niedrigerem Rang und ihm unterlegen, gibt es keinen Grund für ihn zu verschwinden. Sollte der ihm dann doch zu Nahe kommen, wird Luzifer ihm mentale Schmerzen zufügen, die bis zum Tode führen können. Etwas, was einem Luzifer erst so richtig Befriedigung verschafft.

Luzifer lauscht also in die Gedanken und Gefühle der Wesen in dem Raumschiff, oder was immer das auch sein mag, hinein und lernt. Er saugt so ziemlich alles aus den Köpfen dieser Wesen heraus. Dann befiehlt er einem, der sich der Luke (was ist eine Luke?) am nächsten aufhält, diese zu öffnen. Luzifer steigt hinein. Er sieht das Ding als sein Eigentum an. Irgendetwas anderes kommt ihm nicht in den Sinn. So etwas wie Recht kennt er nicht. [3] Das Ding für sich zu beanspruchen ist für Luzifer ganz und gar natürlich. Luzifer stapft durch die Gänge des Schiffes. Bei seiner Größe von ungefähr Zweimeterfünfzig, kann er gerade mal so aufrecht stehen und löst dabei, so ganz nebenbei, noch größere Panik unter den Wesen aus.

Die Atmosphäre in dem Raumschiff empfindet er als höchst unangenehm und lästig. Er befiehlt der Besatzung durch mentalen Zwang, die Schotte und Luken zu öffnen. Wenig später dringen bereits die schwefelgeschwängerten Gase des Vulkans in die Gänge ein. Luzifer geht auf die Jagd, er hat schon lange nicht mehr gefressen.

Irgendein Gefühl für die dünnen Wesen, die völlig außer sich nach Versteckmöglichkeiten suchen, hat er nicht. Luzifer beginnt zu fressen und verleibt sich nicht nur das Fleisch des hysterisch quiekenden Wesens, das er in seinen Klauen hält, ein. Während des Fressens eignete er sich auch das Wissen dieser hochintelligenten, uralten Spezies, die sich Dogan nennen, an.

Außerhalb des Forschungsraumschiffes, hinter den Kraterrändern, streifen noch einige Bramen herum, ziellos und stumpfsinnig.

Luzifer hatte einen Plan.

Luzifer wusste inzwischen über die Technik des Forschungsschiffes ziemlich gut Bescheid. Auch dass die Dogan über ein Transportgerät verfügen, mit dessen Hilfe sie sich körperlich und fast ohne Zeitverlust in eine andere Welt versetzen lassen können. Das Gegengerät befindet sich auf einem Planeten, auf welchem sie Forschungen betreiben, was immer das auch sein mag. Für Luzifer eröffnete sich damit jedenfalls eine elegante Möglichkeit, von Haden zu verschwinden.

Luzifer ließ einen der halbintelligenten Bramen durch das Tor in die andere Welt transportieren. Ein Dogan, den er mit einem Strick um den Hals gefangen hielt, war vor lauter Angst kaum noch in der Lage, das Gerät zu bedienen. Der Grauhäutige zitterte am ganzen Körper. Luzifer schenkte dem dünnen Wesen mit dem verhältnismäßig etwas zu groß geratenem Kopf und einem großen schwarzen Augenpaar keinerlei Beachtung. Er schaute dem Dogan die Bedienungshandgriffe ab und lernte schnell, die richtigen Knöpfe zu drücken. Als der Brame wieder aus dem Tor gekrochen kam, brachte er von der anderen Seite einen ägyptischen Priester mit, nicht ganz freiwillig, wie es schien. Mit dem Bramen kam auch ein Schwall dieser ekelhaften Atmosphäre von der Welt auf der anderen Seite mit. Eine von jener Art, wie sie noch bis vor Kurzem innerhalb dieses Forschungsschiffes vorhanden war.

Luzifer befahl dem Dogan, der sich vor Angst und den Schwefelschwaden kaum noch auf seinen Beinen halten konnte, Schwefelgaszerstäuber herzubringen oder anzufertigen. Auf mentale Weise, wie auch anders! Der Dogan verstand genau, was Luzifer ihm in sein Gehirn implementierte. Einfache kleine Masken sollten es sein, die er sich und seiner Wegzehrung, den Bramen, vor die Schnauzen schnallen konnte. Dann nahm er dem Dogan die geistigen Fesseln ab, der dann auch prompt zu Boden fiel, und bemächtigte sich der Gedanken des Ägypters. Damit erhielt er Zugang zu der Glaubenswelt der Menschen, in welcher unzählige Götter und Geister herumspukten. Seltsame Sache!?

Die Dogan zeigten sich äußerst willig, dem Luzifer die Masken zur Atemluftverbesserung schnellstmöglich zu liefern; Getrieben von der Hoffnung, den unheimlichen Eindringling möglichst bald wieder loszuwerden.

Nach all den unzähligen neuen Erkenntnissen, die er aus den Gedankenströmen der Dogan gewonnen hatte, war auch einem Sataner klar, dass sich Haden unausweichlich in eine Eiswüste verwandeln würde. Also machte er sich auf, im Universum eine neue Welt für sich in Besitz zu nehmen.

Luzifers Instinkte für das flüssige Gestein, das tief unter dem Krater brodelte und waberte, waren hochentwickelt. Mit großem Bedauern dachte er daran, dass er seine schöne Welt bald wird verlassen müssen. Wieder etwas, das er bisher noch nicht kannte: Bedauern! Über seine Krallen erspürte er, wie das Magma unter dem Krater pulsierte und nach oben drängte. Für ihn eine fast erotische Verbindung mit den heißen, unterirdischen Kräften, die seine Lebensgrundlagen sicherten. Die Erdkruste Hadens erzitterte in immer kürzeren Abständen. Kaum ein anderer wäre wohl in der Lage, diese feinsten Vibrationen so wie er auch nur zu erahnen. Bald würde es zu einer Eruption kommen.

Doch schon bevor der Ausbruch stattfinden wird, wird seine Zeit in Hadens Vulkanen enden. Und da ist es schon wieder, dieses Bedauern! Für den Sataner eine einschneidende Zäsur seiner Existenz. Er fühlte zum ersten Mal so etwas wie Verlustängste. Seltsam! Er musste das Gerät jetzt sofort benutzen, um von hier wegzukommen. Der Vulkan wird in Kürze dieses Sternenschiff zerstören und mit ihm das Gerät. Das Gerät ist die letzte Chance für ihn. Wenn er jetzt zögerte, würde er wie alle seine Artgenossen zu Eis erstarren. Das Gespür, wie sich Vulkane verhalten, wenn ein Ausbruch bevorsteht, ist den Satanern angeboren.

Nun ist Eile geboten. Luzifer und drei Bramen-Sklaven gehen unwiederbringlich durch das Tor, hinüber in eine andere Welt. Einen Augenblick später tritt Luzifer im Inneren des künstlichen Steinmassivs aus dem Gegentor heraus. Für ihn ohne Überraschungen, bargen ja die Informationen über die Örtlichkeiten und Allgemeines über den Planeten Erde dank des ägyptischen Priesters kaum noch Geheimnisse für ihn.

In der später einmal die »große Galerie« genannten Maschinenhalle war es kalt. Niemals zuvor war Luzifer mit solch niederen Temperaturen konfrontiert gewesen. Er musste schnellsten einen heimeligeren Ort aufsuchen. Auch außerhalb der Pyramide ließen ihn die tropischen Temperaturen noch leicht frösteln. Bis zum Einbruch der Nacht müssen er und sein lebender Proviant die irdische Station der Dogan erreicht haben. Luzifer machte sich auf, um durch die kalte, für Menschen als unbarmherzig heiß empfundene Wüste noch vor dem Dunkelwerden bei der Station einzutreffen. Aton verschwand bereits hinter dem Horizont, als die Fertigbau-Hallen der Dogan in Sicht kamen.

Die Gebäude drängten sich wie zum Schutz vor den Wüstenwinden hinter einer Felsformation zusammen. Den drei Dogan, die die Stellung auf der Erde hielten, stand nun eine wirklich üble Überraschung bevor. Die Erde in all ihrer Vielfältigkeit war den Dogan längst bekannt und erforscht. Diese Angst einflößenden Wesen mussten ihnen jedoch bisher irgendwie entgangen sein. Zwei unbekannte Spezies? Ein riesengroßes Exemplar und drei kleinere, die aber keineswegs einen harmloseren Eindruck vermittelten. Dieser Satans-Gang hatten die Dogan nichts entgegenzusetzen. Obwohl sie über leichte Waffen verfügten, waren sie sehr schnell dem mentalen Überfall Luzifers erlegen. Der Selbsterhaltungswille erlahmte zusehends, die Ängste blieben. Die Dogan versanken in Lethargie. Luzifer übernahm kurzerhand die Außenstelle, inklusive der Besatzung.

Luzifer lies die Heizung des Hauptgebäudes hochfahren, bis die drei Dogan völlig überhitzten und kurz vor dem Kollaps standen. Die Grauhäutigen waren ernstlich in Gefahr, in ihrem eigenen Refugium ihr Leben auszuhauchen. Einen Luzifer interessierten solche Nebensächlichkeiten nicht. Er durchforschte die Gedanken und Kenntnisse der Dogan über diese Welt. Sein Interesse galt dabei ausschließlich den vulkanischen Aktivitäten des Planeten Erde, und er wurde fündig. In den permanent aktiven Vulkanfeldern, nahe der späteren Stadt Pozzuoli, den Phlegräischen Feldern, fand Luzifer geradezu ideale Lebensbedingungen für seine weitere Existenz. Unterirdische Aushöhlungen und erstarrte Magmakanäle. Magma, welches permanent durch verschiedene Schlote zur Oberfläche drängt. Dazu verschiedene Schwefelverbindungen, die unter ständigem Druck durch die Erdoberfläche ausgasen. Paradiesisch!

Luzifer lockerte die geistigen Fesseln der Dogan etwas und zwang die drei völlig überhitzten Wissenschaftler, ihren Helikopter zu starten, um ihn über das Mittelmeer nach Pozzuoli zu transportieren. Die Dogan schöpften Hoffnung, dem geistigen Terror nun bald zu entkommen.

Nach stundenlangem Flug wurde der Pilot von Luzifer gezwungen, den Flugapparat direkt in den nächstbesten Krater zu steuern. Nur mit Mühe konnte der eine drohende Havarie abwenden und mehr oder weniger elegant durchstarten. Luzifer kümmerten die verzweifelten Flugmanöver des Wissenschaftlers am Hebel kaum bis wenig. Wie im Rausch tauchte er in sein neues vulkanisches Paradies ein. Er, der vermutlich der Letzte seiner Rasse und prinzipiell fast unsterblich war.

15

Just zu der Zeit, als die Kono und nur kurz darauf auch die Spitfire im Sonnensystem angelangt waren, hatte Luzifer längst die Vulkanfelder von Pozzuoli für sich in Besitz genommen. Um die halbtierischen Bramen brauchte er sich keine weiteren Gedanken machen, sie würden sich niemals aus den Bereich des Vulkanfeldes entfernen.

Dass es außer dem Forschungsraumschiff der Dogan – Forschungsraumschiff? Luzifer kann sich auf die seltsamen neuen Dingen immer noch keinen Reim machen! Dass also außer dem Dogan-Schiff noch weitere Raumfahrzeuge auftauchen könnten, das konnte sich der Sataner, der Jahrtausende lang als Einzelgänger die Vulkanwelt Hadens durchstreift hatte, nicht vorstellen. Die Veränderungen und Ereignisse der vergangenen beiden Tage waren ja an sich schon unbegreiflich genug, aber im Grunde für ihn belanglos. Luzifer hatte nichts weiter im Sinn, als diese neue Welt vollständig seiner Herrschaft und seinem Willen zu unterwerfen. Das war seine Art, und bisher standen dem immer nur die anderen seiner Spezies entgegen. Doch dieses Problem hatte sich ja mit dem tödlichen Wandel Hadens in eine Eiswelt praktischerweise von selbst erledigt.

Obwohl Luzifer nicht das Geringste von dem verstand, was all diese verwunderlichen Ereignisse ausgelöst haben könnte, verschwendete er sowieso keinen Gedanken daran. Luzifer nahm die Dinge, wie sie sich ergaben. Er begann sich für die Menschen jener Zeit und die Tierwelt seines Reiches zu interessieren. Den intelligenten Menschen konnte er problemlos einfach geistige Fesseln anlegen, um sie für seine Zwecke zu missbrauchen. Mit den Tieren gelang ihm das nur bedingt. Er würde sich wohl an die Menschen halten müssen. Luzifer begann erste Pläne für die Errichtung seines Königreiches zu machen.

16

Wie konnte und sollte es auch anders kommen, als dass Major Freddy Sharma, Oberleutnant John Buzzy und Leutnant Wess Hunter ihrer Ortskenntnisse wegen erneut als Aufklärungstrupp zur Erde hinuntergeschickt wurden. Für den gefallenen Jack Brown wurde die Soldatin Ellen Farina der Truppe zugeteilt. Wie die meisten Besatzungsmitglieder war auch Ellen in Mehrfachfunktion unterwegs. Als Psychoanalytikerin für außerirdische Intelligenzen ist sie zusammen mit Dr. Müller mit von der Partie. Als wissenschaftlicher Part sozusagen.

Mit dem Landungsbus wurden die Leute in das bekannte Gebiet um Bohanni abgesetzt. Nicht weit von Psame-tis Dorf entfernt. Und der gebärdete sich geradezu überschwänglich, als er Dr. Müller erblickte. Er musste nicht lange überredet werden, um als Kenner und Vermittler seiner Landsleute und der neugierigen Ellen als Forschungsobjekt zu dienen. Nun gut, geschadet hat ihm das jedenfalls nicht.

Auf der Suche nach dem Fremden, der der uralten Vorstellung vom Teufel schon ziemlich nahekam, konnte Psame-ti erstaunlicherweise auch gleich behilflich sein. Er hatte von einem seltsamen, riesigen Insekt gehört, dass mit lautem Flügelknattern vorbeigeschwebt war. Dabei richtete Psame-ti den ausgestreckten rechten Arm ungefähr in die nördliche Richtung. Dann zeigte er mit derselben Bewegung nach Westen. Von da sei das merkwürdige Insektenmonster gekommen. Anerkennend berührte Dr. Müller Psame-tis Arm. Was Psame-ti wiederum freudig berührte. Seine quasi Privatgöttin war ihm zugetan.

»Tja, dann schauen wir mal nach, wo sich das hässliche Insekt versteckt hält … oder?« Buzzy blickte sich in der Runde um.

Psame-ti hielt sich derweil wieder dicht bei seiner persönlichen Gottheit auf, von der er sich nun offenbar jede Menge Glück und Segen erhoffte. Auf seiner anderen Seite flankierte ihn bereits Ellen, die gerne in Psame-tis Vorstellungswelt eindringen würde. Wann hat man schon mal die Gelegenheit, mit einem echten Urvorderen ins Gespräch zu kommen?

»Also dann«, sprach Psame-tis Gottheit, zog das winzige, glänzende Stück, was von Jack Brown noch übrig geblieben war, unter ihrer Kampfkombi hervor und küsste die Genkapsel. »Okay, Jack, es geht los.«

In einer kilometerweit auseinandergezogenen Linie fliegen dann die Drohnen und die gekoppelten Drohnen mit den Leuten obenauf Richtung Westen. Ungeheuer stolz hatte Psame-ti wie selbstverständlich seinen angestammten Platz vor Dr. Müller eingenommen. Der junge Mann wird dem Einsatzkommando kaum von Nutzen sein, aber man kann ja nie wissen. Die Linie bewegte sich relativ schnell voran. Sollte da irgendetwas sein, wird es kaum verborgen bleiben. Trotzdem vergingen zwischen zwei und zweieinhalb Stunden, bis fast gleichzeitig mehrere Drohnen die Ortung schwacher Energieabstrahlungen meldeten.

Kurz darauf standen die fünf auf einer Anhöhe und blickten auf ein zusammengewürfeltes Häuflein von Leichtbau-Bungalows hinab, das sich unter ihnen, beinahe schutzsuchend, in einem Felsenkarre drängelte. Da stand dann auch das Insekt, ein ziviler Helikopter, wie es schien. Alles in allem vermittelte das Ganze keinen kämpferischen Eindruck.

»Gehen wir runter und klopfen mal an«, rief Sharma und setzte sich in Bewegung.

Nach der vorsichtigen Annäherung der Männer und der Wissenschaftlerinnen mit Psame-ti in der zweiten Reihe klopfte Sharma an. So etwas wie einen Klingelknopf konnte er nirgends entdecken. In der glatten Fläche öffnete sich ein Spalt, wo zuvor nichts zu sehen war. Ein Grauer, der direkt der Area 51 aus dem zwanzigsten Jahrhundert entsprungen schien, blickte stumm auf die Ankömmlinge.

»Dürfen wir reinkommen?«, fragte Sharma freundlich, ohne jedoch eine Antwort zu erhalten.

Einen Augenblick lang sahen alle stumm in die schwarzen Kulleraugen des Fremden. Dr. Müller trat vor und forderte Psame-ti auf, die Bitte in seinem Dialekt, kurz gesagt in seiner Sprache, zu wiederholen. Darauf reagierte das Wesen und gab den Weg ins Innere frei.

Auf den ersten Blick war zu erkennen, dass man es hier mit harmlosen Gesellen zu tun hatte. Ausrüstungen standen herum. Wissenschaftliches Gerät, wie es schien, und Vorräte. Man begann, miteinander zu reden, ohne sich allerdings zu verstehen. Aber die Übersetzungsgeräte beider Seiten arbeiteten bereits auf Hochtouren und tauschten sich aus. Es dauerte nicht lange, bis man sich untereinander einigermaßen verständigen konnte. Aktuelle Ereignisse und Belanglosigkeiten kamen zur Sprache, bis die Rede auf ein äußerst gefährliches und aggressives Tier zu sprechen kam, das über ihren Transmitter in diese Welt gekommen war.

»Zur gleichen Zeit hatten wir den Kontakt zu unserem Forschungsraumschiff verloren. Wir rechnen mit dem Schlimmsten«, sagte ENKupa, der für die drei Wissenschaftler das Reden übernommen hatte. »Nun sind wir auf diesem Planeten isoliert. Wahrscheinlich auf Dauer.«

Sharma nickte, ohne darüber nachzudenken, wie ENKupa diese Geste wohl wahrnimmt, und meinte:

»Kommen wir auf dieses Tier zu sprechen!«

»Die Kreatur hatte uns mental überwältigt und gezwungen, es direkt mitten in die Kraterlandschaft eines aktiven Vulkanfeldes im nördlichen Kontinent zu bringen und abzusetzen.«

»Das heißt, das Tier ist in der Lage, andere Wesen geistig zu kontrollieren?«

Der Sprecher der Grauen verzog sein Gesicht. Vielleicht konnte man das als einen verzeihlichen Blick interpretieren, wer weiß?

»Richtig. Man ist den geistigen Fesseln völlig ausgeliefert, und das Tier schöpft regelrecht das Wissen und die Informationen aus dem Bewusstsein ab.«

»Ich habe genug gehört«, schaltete sich Callahan von der Spitfire aus in die Gespräche ein. »Die Gruppe wird jetzt in Richtung dieser Vulkanfelder vorrücken und klären, worum es sich bei diesem Tier handelt!« Sharma und die anderen nickten nur, man hatte auch nichts anderes erwartet. »Ellen Farina! Sie bleiben bei den Grauen und werden als Verbindungsoffizier mit den Leuten zusammenarbeiten.«

»Gerne, Commander!«

Ellen freute sich darauf, auf ihrem Spezialgebiet arbeiten zu können.

»Ellen, Sie sind hiermit ermächtigt, den Leuten einschließlich ihrer Ausrüstung einen Platz auf der Spitfire anzubieten. Ende!«

»Danke Josy, ich werde mich darum kümmern. Ende!«

Der Rest des Trupps kümmerte sich derweilen um das Tier. Von dem war allerdings nichts zu sehen. Das Vulkanfeld lag leicht vor sich hin rauchend und dampfend vor ihren Blicken. Es lag ein schwefelträchtiger Geruch in der Luft, den die Winde des Mittelmeeres nie ganz verblasen lassen können. Heiße Quellen transportieren ständig kochendes Wasser an die Oberfläche. Regelmäßig brechen sich Geysire zischend Bahn. Das kilometerweite Vulkangebiet von Pozzuoli stand auch schon damals permanent unter Druck und verändert die Landschaft in einem nie aufhörenden Prozess. Man spürt geradezu, wie sich unter den Füßen etwas zusammenbraut.

»Da ist es!«, rief Dr. Müller. »Ich spüre etwas Fremdes, das mich überwältigen …«, weiter kam sie nicht. Ihre Stimme setzte aus.

Auch die anderen nahmen fast augenblicklich die fremde Macht wahr. Sharma, Buzzy, Wess Hunter erlitten Höllenqualen und waren sofort gewillt, sich dem fremden Willen zu unterwerfen. Die ganze Aktion hätte in einer einzigen Sekunde in einem Desaster geendet, und die Leute wären wie die Marionetten Luzifer in die Arme gelaufen. Allerdings konnte das Fremde die nicht biologischen Teile der avatarischen Denkapparate nicht unter seine Kontrolle bringen.

Für das Tier eine völlig neue und unvermutete Erfahrung, was sofort größte Hassgefühle in ihm auslöste. Luzifer begann zu toben und verstärkte seine Anstrengungen bis an seine eigenen Grenzen heran.

Die biologischen Bewusstseinsteile der Männer und der Frau Doktor wanden sich unter unsäglichen Schmerzen. Die Quantenrechner erkannten die Gefahr und legten schnell und präzise ihre biologischen Gehirnteile in Narkose. Aus den Avataren wurden damit augenblicklich kühl rechnende, sachliche Roboter, die sich weiterhin und unvermindert auf das Tier zu bewegten. Die Truppe drang in das unterirdische Labyrinth ein, in dem Luzifer sein neues Herrschaftszentrum errichtet hatte. Und es kam dann auch schon bald zum Kontakt in den Kammern und Hallen, die ehemalige Lavaströme hinterlassen hatten.

Luzifer fixierte die Ankömmlinge hasserfüllt und richtete sich zu seiner vollen Größe von annähernd zweieinhalb Metern auf. Doch nicht genug damit. Er faltete seine lederartigen, tiefrot und tiefschwarzen lavafarbenen Flügel auf.

Buzzys Quantengehirn errechnete mindestens neunzehn Meter von Flügelspitze zu Flügelspitze. Um abzuheben, ist das zu wenig, rechnete das Teilgehirn Buzzys weiter. Um zu beeindrucken oder um schnelle und weite Sprünge zu bewältigen, tun es die Flügel aber allemal. Wahrscheinlich kommen die mächtigen Schwingen in Revierkämpfen mit der eigenen Art zum Einsatz.

Luzifer setzte dann auch fast augenblicklich zum Sprung an und flog mit einem enormen Satz auf die Avatare zu. Die Flügel schlugen dabei mit alles übertönender Lautstärke, nur noch übertönt von dem tierischen Fauchen, das stoßartig aus seiner Raubtierschnauze drang.

Die Avatare waren allerdings wenig beeindruckt. Sie feuerten gleichzeitig auf das Tier, das abrupt mitten im Sprung gestoppt wurde und sich mit markerschütternden Schreien in sein Höhlenlabyrinth zurückzog.

Luzifers Hass hatte jedoch nicht gelitten. Sein Wille begab sich in die Umgebung seines Reiches. Die Menschen, die in Dorfgemeinschaften im weiten Umkreis siedeln, wurden plötzlich aufs Äußerste aggressiv und strömten mit Keulen und Messern bewaffnet auf das Vulkanfeld zu. Luzifer hetzte die Menschen auf die Avatare und Drohnen in den Lavaröhren. Zu Hunderten griff der Mob im Rücken der Avatare an. In den Kanälen hallte der Lärm aus hunderten Kehlen von den Wänden wider. Luzifer hatte seine Armeen mobilisiert.

Da blieb kaum noch eine andere Möglichkeit, als mit den Drohnen über den Köpfen der Menschen hinweg den Rückzug anzutreten. Die Menschen anzugreifen und womöglich zu töten verbot sich von selbst. Wer wollte unter diesen Umständen vielleicht doch noch ein Paradoxon mit unabsehbaren Folgen riskieren?

Mitten in der Absetzbewegung des Trupps forderte

Flight Commander K3 die Männer und die Frau Doktor auf, schleunigst zur Spitfire zurückzukehren. Der Raumzeittrichter, den das durchziehende Schwarze Loch erzeugt hatte, begann Auflösungserscheinungen zu zeigen. Sternekonstellationen begannen zu flackern und sich zu verschieben. Ein sicheres Zeichen dafür, dass der Trichter endet und die Raumzeitverschiebung damit beginnt, sich zu neutralisieren.

Der Landebus war kaum in seinem Hangar angekommen und verankert, als die bekannten Phänomene von sich querenden und mehreren sichtbaren Monden, aber auch einer Sonne, die in verschiedenen Phasen vorhanden war, eintraten. Die Planeten treiben auf ihren Bahnen mal hierhin, mal dahin und wieder zurück. Ein Chaos.

Dann meldete K3 die Ankunft im Jahre 2533 über der Erde, worauf die Spitfire auch schon angefunkt wird, um sich zu identifizieren. Sie waren wieder Zuhause und hatten auch noch drei Passagiere an Bord, ENKupa, ARNupa und die nette ANNIona. Den Menschen seit Jahrhunderten bekannt als die Grauen, wie man sie von der Absturzstelle in der Area 51 her kennt. Dazu brachte man die unangenehme Nachricht mit, dass Satan in die Welt gekommen war und seither sein Unwesen auf und unter der Erde treibt.

Dr. Müller zog die Genkapsel Jack Browns unter ihrer Uniformjacke hervor und sprach zu ihr:

»Satan hat uns nicht erwischt, Jack. Als Erstes lasse ich dich wiederherstellen.«

Die Genkapsel sagte erst mal nichts dazu. Wie auch,

wo doch Jack Brown zuerst einmal Wiedergeboren werden musste, um seine Erinnerungen und sein Leben wieder zu erlangen.

———

*Satan hatte noch nie ein gutes Image, und er ist
auch nicht allmächtig, wie er damals – gestern oder
so – erfahren musste, als er auf die Truppe der
menschlichen Avatare traf…*

Zeit ist halt relativ!

———

Ende

Anhang

(1) Der Roman entstand unter Zuhilfenahme von Daten und Fakten aus: »Das Weltreich der Pharaonen«, Weltbildverlag GmbH, Augsburg 1989.

(2) Psame-tis Schutzbrille. Man kann sich das heute kaum noch vorstellen: Ich bin seit 52 Jahren automobil unterwegs. Damals in den 60ern und 70ern, war nach zwei oder drei Stunden Überlandfahrt die Windschutzscheibe praktisch blind. Zugeklatscht mit Hunderten von Insektenleichen. Wer da kein Wasser in der Scheibenwaschanlage mehr hatte, der hatte ganz schnell ein Problem. Die Fahrt konnte so leicht zum Blindflug geraten. Sogar in TV-Sendungen wurden Ratschläge erteilt, wie man eine zugekleisterte Scheibe wieder frei bekommt. Ohne Schutzbrille wäre Psame-ti vermutlich blind geworden. Hat er noch Mal Glück gehabt, der Psame-ti.

(3) »So etwas wie Recht kennt er nicht«. Das ist nicht nur so dahingeschrieben. Ähnliches ist mir widerfahren. Als regelrechtes Justizopfer wurde ich von der Richterschaft nach Gutsherrenart und Gutdünken abgeurteilt. Aus einer simplen Scheidungssache wurde zum Vorteil aller Beteiligten, außer mir, über einen Zeitraum von zehn Jahren ein Prozess zusammengestrickt. Das Recht wurde ausgehebelt und auf den Kopf gestellt.
Die Politikersprüche vom Rechtsstaat klingen für mich wie eine Verhöhnung.